決勝作文 16堂課

作者◎汪淑玲

寫作是人生最快樂的選擇

◎許建崑（東海大學中文系副教授）

　　在我年少印象中，住在蘑菇村的藍色小精靈，可真神奇！有小美人、小帥哥、小壯丁、小聰明、小畫家、小詩人等等，他們分工合作，勤奮生產，只要防範賈不妙和大笨貓的搗蛋，就能過著桃花源般的生活。小詩人除了寫詩以外，是不是還要負責講故事給大家聽呢？就像李歐李奧尼寫的《田鼠阿佛》，在寒冬時節餓肚子的日子，朗讀陽光、顏色與詩，讓大家分享溫暖、亮彩與情意。

　　一個小小的社會中，如果有個詩人或者作家，這團體便溫暖有情。可不是嗎？

書寫是生命唯一的出口

　　花開花謝，雲去雲來，都是自然變化。唐代詩人杜甫卻能寫下「感時花濺淚，恨別鳥驚心」的字句；抬頭

望見了白雲，狄仁傑將軍馬上想起故鄉和多年不見的父母。這是人的情感作用吧。

山川草木是否無情？近年來，從南亞海嘯、四川地震、八八水災，以及近日的日本地震、海嘯、核災看來，人的生命如同草芥。莊子說：「大浸稽天而不溺，大旱金石流土山焦而不熱」。莊子的意思是說，我們早該離開危險的地方，當大水淹到了天，不會被溺斃；火山爆發了，熔岩漿噴出，也不會被燙死。身處災難中的人們，怎麼來得及想起莊子的叮嚀？

美國導演羅蘭艾墨瑞奇拍攝《明天過後》，描述全球暖化導致北極冰棚融解，帶來氣候異常，紐約城冰封於海嘯之後。故事中的科學家傑克為了拯救孩子山姆，冒險進入紐約。而躲在國家圖書館裡頭的山姆，和幾個孩子焚燒圖書來取暖，以保全性命。儘管在電影中燒去的書籍是律

法和稅務，但不能否認的，如果人類沒有發明文字，無法紀錄歷史、文學與典章制度，也無法因書寫而累積生命經驗，發展文明。在這部電影中，我們還可以很阿Q的說，就算是燒書，也是取得溫暖的一種辦法。

所以說，寫作是個人在生命歷程中，可以「發聲」的出口，也可以記錄事件、萃取經驗，為後代子孫留下探本溯源的史料。然而，寫作是天生的本能嗎？是否需要學習與磨練？又如何持之以恆，變成一種習慣？

寫作是讓人上癮的工作

俗語說：「一回生，兩回熟。」天生會寫作，就像生下來便會游泳，畢竟少數。一般初學游泳的人害怕嗆水，總有些抗拒；但如果能找到好的教練耐心引導，練習把頭埋進水裡，學會換氣、撥水、夾水，很短的時間就懂得游泳的要訣。等到熟習各種泳式，在水池中穿梭如魚，那時的快樂真無法形容。

寫作也是一樣，儘管作者有情感、有意見、渴望論述，但總要了解基本的文體格式。敘述要周延，人、

事、時、地、物要說清楚;抒情宜自然,從心底流出,不矯柔造作;議論要邏輯清晰,條理井然。掌握了敘述、抒情、議論三大基本文體,交互應用,自然可以得心應手。

閱讀與旅行,也是增強寫作的辦法。閱讀自己喜歡的文章,理解內容、揣摩語氣、分析句式,更能感受文章的神韻,自己試著提筆練習,也可以分享神采。常常外出旅行,增廣見識,也是增加文章深度的辦法。

但如果要在短期內,增強寫作能力。最好找到適當的老師帶領,只要找對方法,三兩下還是能快速上手。掌握寫作技巧,事實上也幫助我們增強了閱讀時的分析能力,平時對人、事、物的觀察,也會趨於縝密。

桑妮汪是個快樂領航員

知道淑玲老師要出一本教人寫作的書,真是個好消息!淑玲老師多年前在《民生報》童書部服務,是桂文亞小姐網羅的行銷長才。每次見面,她的笑靨以及積極工作的態度,都讓人如沐陽光之中,因此我喜歡叫她

Sunny汪。沒想到這個雅號早就是淑玲老師的專屬。

　　為了推廣業務，淑玲老師勤跑中小學校，去做演講，推薦新書；為了建立營運據點，與童書部夥伴們創立少年兒童書城、童書俱樂部，發行Fi Fi姊姊書房報，還得舉辦作文班、夏令營。她不僅策畫活動，負責招生，到後來自己走上了講台。除親自授課以外，淑玲老師還負起培訓教師人才，要把寫作的樂趣傳播到社會的每個角落。

　　這本書共分十六堂課，依序為記敘七篇、抒情四篇與議論五篇。每堂課又區分為佳作欣賞、作品評析、琢磨寫作技巧，以及書寫策略的建議與練習。是個簡明扼要的學習指南。淑玲老師引進「心智繪圖」，又自創了「星形圖」、「樹狀圖」，試圖開啟學生視覺、聽覺、心覺的能力之後，也能夠在廣泛的聯想、組合與交疊中，使寫作泉源湧動不已。

　　挑戰自我，是淑玲老師不曾停止的努力。而這本書在文章寫作上的琢磨，提供了積極而有效的策略，可以幫助學習者循序漸進，挑戰自我的局限，完成基礎的寫

作能力訓練。桑妮汪有意將寫作的「金針」度人，我也
樂見世上增添好多擅於寫作的朋友，使我們這個小小地
球村，更多人懂得分享溫暖與情韻。

再一次破解迷思

◎孫小英（兒童文學工作者）

和淑玲心手相攜、循序漸進學作文

小時候住在蘇澳鄉下，除了文具行，沒有書店，父親只要去台北出差，就會買本兒童雜誌或圖書給我；每逢過年也都帶著我到文具行挑選日記本，用注音符號拼出每天很簡單的生活點滴。等上了小學，才漸漸出現幾個字，偶爾配上一張圖，像是太陽、星星，貝殼與百合花，或是一隻小雞和貓咪；流水帳似的塗滿了整本日記。

讀完三年級，母親生病了，我被送到台北姑姑家，父親又規定我每周寫一封信回家，同時教我如何寫稱謂、如何結尾敬辭；信封寄收地址填妥後，貼好郵票投入郵筒等，我都一一照辦，並且開始埋首筆耕。公平的是，父親不只收穫，還回信鼓勵我好好讀書，不可因獨生女任性，要聽姑姑、姑父的話，與表姊們好好相處；學習自己整理衣物，擦抹桌椅……等，往來的盡皆日常

瑣事。過沒多久，我就彷彿例行公事般應付著，內容千篇一律，閉著眼睛畫符。父親公私兩忙，顧不了我心不在焉，滿紙塗鴉。好在一年後，母親身體康復，我也就自動解脫，不必寫信，再度回到父母溫暖的懷抱。

在台北讀書期間，有兩堂「說話」課，老師會教小朋友講故事，小朋友則輪流上台說故事。通常聽故事是最吸引人的，老師為了使我們在朝會前十分鐘能夠安靜下來，每天早上還特別朗讀一段《小學生》雜誌上連載的小說；聽得我們全神貫注，緊盯著老師面容表情或悲或喜。潛移默化下，小朋友大都也說得口沫橫飛，有聲有色。像我這樣生怕在眾人面前說話的，好心的老師就要我們一對一，單獨說給她聽。

說著說著，我竟說起自己的故事：因為母親生病，隻身來台北上學，內心多麼恐慌，擔心從此會失去母

親，變成一個沒有媽媽的孩子。老師憐愛的伸出手，幫我整理好塞在外套裡的衣領，低聲慰勉了我幾句話，頓時有一股暖流緩緩自心底升起。因為我的「說話」，老師了解我；因為我真實的故事，老師同情我。突然間，我不再覺得孤單，原來故事可以這樣說出來，日記和信不也可以這樣寫嗎？

回憶過往，流水帳與生活塗鴉，只是一種紀錄，如要說一個動聽的故事，或者學校開始命題作文，除了真情實意、心有所感，能夠完整表達，更重要的是如何條理架構起一篇文章，充實豐富它的內涵、生命，妥貼適當的修辭練句，前後首尾還能相互呼應。從一個孩子的身心發展來看，學校先以「說話課」訓練把話說清楚，講出一個故事來，便已經在培養動腦筋去思考，且要發揮想像力，運用最基本的眼睛視覺、雙耳聽覺，去觀察、去描摹、去比喻、去領會。在我毫不思索，滔滔不絕的對老師說出自己的處境時，其實心裡如同蓄水池般，早已積累了許多話想說，當下也就沒有那麼膽怯為難了。

　　因為一位體貼和藹的老師溫暖的聞問，開啟一個擔驚受怕孩子的心和眼，由不知不覺的「無從感」，轉化為可知可覺的「有所感」。只是，能說好故事，寫好作文，都不是一件容易的事。無論是讀書學習、生活閱歷，或創作上的切磋琢磨，我一路走來，也不過懵懵懂懂，平順罷了。幸運的是，在塗塗寫寫的過程中，贏得父母同意，選擇的編輯工作，得以有更多機會大量閱讀；亦必須硬著頭皮提筆上陣，不斷自我磨練修潤，恍若又回到幼年伏案翻書寫字的情境，那麼海闊天空，自得其樂。然而，這期間的跌跌撞撞，暗中摸索，耗費不少時間、精力，多虧工作性質關係，可以邊做邊學，逐步也尋覓到一些門路。

　　孰料昔日按部就班，或許有意無形的學習方式，隨著時代環境的轉變，閱讀課外讀物風氣與學生作文程度，有漸趨低落下降的危機。無論升學考試與否，有識之士高聲呼籲學校、家長，要加強閱讀，從小甚至胎教起，就得陪著孩子親子伴讀，入學後師生共讀。養成閱讀習慣後，是終身學習，而不會在完成學業後，不再讀

書。這對一個文明社會的發展，有著刻不容緩的急迫性。尤其於手機、電腦等電子產品形成日常生活用品之際，人們溝通往來，與呈現的方式，亦令師長們憂心忡忡。於是，滿懷著理想、長年從事出版行銷的「媽媽型」工作者淑玲，便在這股潮流中，挽起袖子，披荊斬棘，開闢出一條邁入寶山的步道來。

這位淑玲媽媽，兼具理性與感性，做事俐落，個性大方，心思卻十分細膩，還從家庭成員的不同星座，趣味性的詳加評析，推而及於一般的人際交往，寫成一本《星星家族妙鮮事》。重點乃在認識自己的優缺點，體諒別人的個性特質，目的要促進人與人之間的了解，彼此能相輔相成，和諧相處。這招嘗試藉著孩子們熟悉、喜愛的星座，導引孩子去感同身受，走出自己的快樂人生，在一場又一場的學校演講活動中奏效，大人小孩的笑聲掌聲不斷，更給了淑玲極大的鼓勵和信心。

就當嗓音洪亮、熱情豪爽的淑玲為孩子解開第一道難題——「如何與人相處」後，適逢搶救孩童作文危機「速學班」風起雲湧，她卻好整以暇，不慌不忙，再度

　　潛心研究圖書導讀和作文方法，以十年功力，採取的仍是與人互動中，引導激盪，透過設計的平面圖形，以及立體情境等活動，整理分析，精心歸納出一條作文大道。沿途親切的叮嚀，如在身邊，與你切切私語；幽默的提醒，讓你敞開心胸，和淑玲「心」「手」相連，一塊兒踏進標幟的「見賢思齊賞佳作」、「他山之石識珠璣」、「精益求精巧琢磨」、「正本清源奠基石」，以及「文思泉湧現風采」等遵循方向，循序漸進，登高自卑。

　　相較我學習過程的左支右絀，無所適從，淑玲以有聲有色、活靈活現的實務演練、驗證結果，帶領孩子免於孤立無援，焦慮徬徨，讓寫作不再陷於泥沼，原地打轉。就此整裝齊備，拔腳向前，終究會拾階而上，一窺其堂奧。間接亦完成了淑玲為孩子具體破解的第二道迷思──「如何寫好作文」。

提升寫作能力的典範之作

◎李立立（新北市天主教光仁中學校長）

　　在當今速食文化充斥之下，一切講求效率，以致需要花時間縝密思考的學習，如寫作，就不容易引起青少年的興趣，如何引導學生學習必須要有吸引他們的方法；本書作者以由淺入深方式，先欣賞他人佳作，了解他人的優、缺點開始，進而提醒寫作時需注意的狀況並叮嚀容易犯的錯誤，讓寫作者容易下筆，願意著手練習，最後能達到文思泉湧的境界，是一本提升寫作興趣及能力的典範之作。

符合語文教學的作文書

◎鄭經綸（新北市私立格致中學校長）

　　現代學生獲得資訊的速度快、能力強，但是，徒有豐富的資訊是不夠的，還需要經過閱讀、思考及組織等過程，才能將龐雜的資訊理出頭緒。而要達到這樣的學習目標，閱讀及寫作等語文能力是十分重要的基本功。一篇好的文章或一本好書是

作者的智慧結晶，因此閱讀便有如站在巨人的肩膀上，能使視野更寬更遠，接著再經由寫作，將思考後的想法翔實而周延的陳述出來。這本《決勝作文16堂課》引導學生從佳作的賞析到思路整理，最後並寫成一篇完整的文章，與我對語文教學的理念不謀而合，值得推薦。

最實用的作文寶典

◎**陳馨**（中華民國作文教育學會台北市分會會長）

作文常使人們「知其然，不知其所以然。」讓人總有「霧裡看花」不知從何著手之感。

這本《決勝作文16堂課》，一針見血的提供了解惑的方法，從佳作賞析至識珠璣，再精雕細琢字詞的運用，再激盪思維奠基石，循序漸進的反覆演練不同文體、不同體材，相信短時間內一定可以達到成效。這是我從事作文教學近二十年所見最具體、實用的作文「葵花寶典」。

提供更豐富的寫作養分

◎徐美玲（前人間衛視新聞部經理）

　　為國內培育許多優秀作文師資的淑玲老師，要出版作文的教學專書了，聽到這個消息真是令人興奮。在師大進修期間，同學們最期待的就是上她的課，老師幽默風趣、生動活潑的教學方式，讓學生們如沐春風且獲益良多。如今，淑玲老師親自為面對作文挑戰的學子們寫下這本《決勝作文16堂課》，相信其簡明扼要、鞭辟入裡、實用俐落的教學風格，必定能嘉惠莘莘學子，為他們的應試提供更多更豐富的養分。

輕鬆寫作非難事

◎郭玉慧（《國語日報》閱讀研發組組長）

　　「創意」有時得從「模仿」開始，對一個不會寫作的孩子而言，找一篇好文章來欣賞是第一要務，接著，有方法的學、有系統的想、有目標的練習則成了寫作的必要功夫。本書針對各類文章精選範文並加以導賞，「正本清源奠基石」讓初步學

寫作的人奠定各文類的寫作觀念，透過心智圖的思考訓練，有系統的延伸寫作想法，自我累積寫作的基本功，一旦有了想法之後，再透過「文思泉湧現風采」中有目標的寫作引導，實際小試身手，輕鬆寫作就不難了！

循序漸進學作文

◎盧家珍（國立中正文化中心月節目簡介主編）

聽淑玲老師上課是一件享受的事！她總是能夠精準地的明重點，不藏私，不灌水，在快速的節奏中指出你的盲點，在幽默的氣氛中領受充實的飽足感。這麼棒的教學經驗，化為文字篇章，一樣條理分明、循序漸進。想要打通作文任督二脈的人，就到書裡尋找犀利的淑玲老師吧！

【作者序】
我為什麼寫這本書

◎汪淑玲

　　大概沒有人敢說寫作文就像吃飯睡覺一樣容易，不過，如果有人說：「寫作文，難如登天！」我也不同意。我認為，作文和其他學科一樣，都需要老師有效的指導，都需要學生用對方法，並從學習的過程中累積成功的經驗。

　　這就是我為什麼寫這本書的原因。

　　這些年來，我應台灣師範大學進修推廣學院、台北市立教育大學及行政院勞委會之邀，培訓作文老師，也親自指導三個國小及國中作文班，由此累積了若干與作文相關的想法。趁幼獅文化公司邀稿之幸，我將這些想法整理為文，集結成書。

　　書中共分十六堂課，每堂課皆含五個小節。因為是從「範文先行」的教學理念出發，所以第一小節的「見賢思齊賞佳作」，便以學生的作品作為範例。這些學生從國小五年級至國中三年級，每周於課堂上現學現寫，在有限的兩小時中，完成的作文，雖非「藏諸名山」的巨作，但在我眼中頗為可取，並希望藉此讓有志學習作文的廣大學子

們體會到「有為者亦若是」；接著在第二小節「他山之石
識珠璣」，說明該佳作的優點；第二小節「精益求精巧琢
磨」則從審題、立意、取材、結構、修辭等不同的角度，
提醒需注意的細節或叮嚀常犯的錯誤。

　　學作文不能只是「理論派」，更需要「實證」，也就
是說，學作文絕不能光看不練，在閱讀有關作文的觀念或
技巧的文章後，最重要的還是要親自下筆練習，所以，在
看過了前三小節的內容後，請務必參考第四小節「正本清
源奠基石」的引導，及第五小節「文思泉湧現風采」的題
目，親自練習，並完成一篇結構完整的文章。再強調一
次，唯有透過實際寫作、修改的過程，才能累積出可貴的
作文手感。

作文的三大文體與記敘文的四大家族

　　一般來說，文章分為記敘文、抒情文、議論文三種文
體，因此收錄在本書的十六則題目，也分屬這三大類。簡

單的算法是記敘文七則、抒情文四則、議論文五則。很明顯的，記敘文偏多，因為它是「根本大法」，而且記敘文寫得好，將之應用於抒情文時，可收「文情並茂」之效；將之延伸於議論文時，可竟「言之成理」之功。

記敘文的四大家族：詠物、描景、寫人、敘事。我所敬佩的葉聖陶先生（民初作家、教育家）是這樣說的：「供給敘述的材料是客觀的事物。所謂客觀的事物包含的很廣，凡物體的外形與內容，地方的形勢與風景，個人的狀貌與性情，事情的原委與因果都可納入。」當然這樣的分類，也只是個大致，因為實際寫作記敘文時，往往會橫跨其中兩類甚至三類。例如：寫「一個難忘的地方」，就有可能描景也寫人，或描景也敘事；寫「謝謝你，陌生人」便需要寫人也敘事；寫「一份珍貴的禮物」通常也會詠物加寫人或詠物加敘事。

熟練了記敘文，就是為抒情文和議論文打好堅實的基礎。因為抒情文顧名思義，就是要抒發個人的情感，而這情感如果光靠淚流滿面、嚎啕大哭或啊、呀之類的詞語堆疊，只會讓人覺得「好假、好噁心」，那麼，該怎麼辦呢？先別急著找答案，請先想想，我們會無緣無故產生興奮、沮喪、悲傷或惱怒的心情嗎？當然不會！這情感也許

是因為抽屜中的一張小卡片，而想起童年摯友；也許是由於看見眼前的美景，而憶起某位長輩的關愛，所以，抒發這樣的情感時，我們當然就要描寫卡片或美景，再將與摯友或長輩相處的故事敘述一番，如此，帶入自己的情感，自然就水到渠成了。簡單的說，寫抒情文時，借景抒情或借物抒情都是很好的切入點。唐詩中不乏這樣的例子，像杜甫的〈旅夜書懷〉就是從「星垂平野闊，月湧大江流」的景與物導入「飄飄何所似，天地一沙鷗」的情。

有些人說：「寫議論文要多引用名言佳句，所以平時就要多背。」我承認，許多的名言佳句是古人或名人的智慧結晶，有機會讀，有能力背，自然是好事，但是，如果整篇議論文都是甲說乙說，卻看不到作者自己說，那麼這篇失去作者「靈魂」的文章，實在不需要浪費時間閱讀，因為，去看甲或乙等名人的文章，不是更直接嗎？那麼，該怎麼辦呢？還是先別急著找答案，先想想：你每次看到報章雜誌上的報導或評論時，是否也會引發自己的某些看法，這看法如果是同意的，你可能會提出相互印證的例子，萬一是反對的，自然也會有反對的理由。對了，寫議論文就是要針對主題，把自己的見解清清楚楚、明明白白的寫出來，而在寫作的過程中，你除了會旁徵博引的提出

他人的見解，好讓文章言之有據之外；也會提出自己的生活經驗加以佐證，以達「言之成理」的終極目標。於是，在「小故事大道理」的題目中，你應用的是「借事說理」的技巧，而「以自然為師」的題目，可能就會舉出大海小草等自然之物，好好的「借物說理」了，而無論是借事或借物，靠的就是記敘文中敘事或詠物的基本功。

所以，熟練記敘文的四大家族，就是蹲好馬步，然後，舉手，你能揮灑抒情文借景抒情或借物抒情的手法；投足，你能踢揚議論文的借事說理或借物說理的功夫。

作文也有分解動作

自序寫到這裡，還沒寫完，因為還有寫作文的分解動作要說。

什麼？寫作文還有分解動作？

這裡的分解動作，不是我發明的，是許多專家學者提出來，再由教育部公布的：審題、立意、取材、結構、修辭。

先說審題，如果是寫自己想寫的東西，如日記的話，可以略過這道「手續」，但是因為大部分的題目，都是老師或命題委員出的，所以，你自然要先審清楚，他們到底想要你寫什麼。如果題目是東，你偏要寫西，那麼這種雞

同鴨講的文章，會讓閱卷老師失望，而得到的分數也會讓你十分失望！立意和取材有極為密切的關係，立意宜取積極正面，不宜傲慢怒罵，這樣的態度，也適用於為人處事；確定立意後，自然要選取合宜的材料。題目是「歡樂的新年」，立意在歡樂，所以你選的材料就不能是過年期間掉了紅包的倒楣事；題目如果是「生氣之後」，立意是生氣之後的正面體悟，所以生氣之後覺得世界真不公平，而建議大鬧一場的取材就要避免。至於結構，我主要著墨在並列和總分，因為對不喜歡長篇大論或繁複技巧的人來說，熟練這兩種結構便大致足夠。這兩種結構中，我個人又特別推薦總分結構法，因為它能讓文章前呼後應，條理井然。

還有修辭啊！是的，我知道，但是此書中，我用了很少的篇幅來談修辭，因為，就我實務上的了解，每位學生從小學開始，就學了各式各樣、琳瑯滿目的修辭，有關修辭的知識非常豐富，分辨各種修辭的能力也很厲害，但，有知識、會分辨，不見得能寫好作文，因為缺了應用的本領。所以在此書中，我的建議是「學修辭，不如學好的句型」，透過仿寫練習，內化這些好句型，這樣，寫作文，文章較能自然流暢，而沒有刻意「硬卡」修辭的怪異。

上述分解動作的詳細說明及實題印證，都可以在本書的十六堂課中找到。

引導與思考，讓文章有靈魂

　　自序寫完了嗎？嗯，還沒有！我想特別說說書中「正本清源奠基石」的引導，因為這是本書和其他作文書較為不同之處。

　　在這個小節中，我借助了多種圖形。星形圖是從「心智繪圖」中延伸出來的。這套原本用於創意思考的「心智繪圖」，我將它應用在作文中，效果也挺好的。它除了刺激聯想外，還有分類素材的功用，可避免寫作時，東一句西一句，這一段講過的東西，下一段又出現的毛病。而組織圖，則大都用在分段與段落安排的結構上，希望寫出來的文章就算文辭不優美，但至少能條理分明，講清楚想說的話。

　　除了將寫作靈感、素材圖形化之外，在課堂上的實地引導上，我是個超級喜歡問問題的老師，我總是喜歡問：「如果是這樣，你會怎麼樣？」或「你覺得這個人說這句話，有什麼特別的意思嗎？」所以，與其說我在「教」作文，我更願意說我是在「引導」學生思考，進而寫出自己的思考心得。

　　因為是引導，所以我更樂於變化各種不同的課堂情境，例如效法曹植的七步成詩，鼓勵學生在教室中繞圈圈，每繞一圈就說一個寫作靈感，由我整理在黑板上；或者，選個濛濛細雨的日子，朗讀蘇軾的〈定風坡〉，再領著學生穿梭在鄰近的巷道中，觀察雨中的花草樹木，聆聽雨中的各種聲響，也感受細雨飄落髮絲的滋味。

　　有時，作文課也結合美術課：描寫景物時，我把黑板「還」給學生，請他們在上面接力畫出腦中的畫面，這種引導方式，比每個人一張紙，自己畫自己的，有趣，也更能刺激靈感。

　　可以是美術課，當然也可以是表演課，想學人物表情或動作時，就請同學隨機抽題目，抽到什麼表演什麼，這題目可能是悲傷時咧開嘴巴，嚎啕大哭的模樣，也可能只有一個「冷」字，讓學生自行發展出：寒風呼呼的吹、發抖、跳動、拉起衣領、對著手掌哈氣等動作。

　　這些林林總總的教案設計，不為別的，就是為了刺激學生思考。我的觀念很簡單，要寫好一篇作文，需要觀察、想像、組織等能力，也可以應用結構、修辭等技巧，但是，這些是文章的骨和肉，而一篇好的文章，光有骨架、肌肉是不夠的，還要有「心」。「我思故我在」，唯

有對題目有感覺，對內容有想法，並透過反覆的辯證加以梳理，才能寫出一篇有靈魂的文章。

至於，修辭高不高級，文句優不優美，說實話，只要不是寫出一些大白話或不通順，不知所云的句子，我都可以接受，畢竟，質樸也有質樸之美啊！

這幾年，有幸到多所國中、小學演講，與國文科老師或家長們分享作文教學的粗淺心得。正式進入演講主題之前，我喜歡問問大家：「為什麼孩子要學作文？」我要特別強調的是，寫作文不一定非要寫出什麼經世濟民或能得諾貝爾文學獎的大作，但是一定要學會完整的表達自己的想法，而作為一個有幸站在黑板前的「假日」老師來說，我更希望，因為有趣、有效的引導，能讓學生寫作文時，不再愁眉苦臉，就算剛開始，靈感一時不來找你，也會知道應用哪些方法，自己把靈感抓出來。

走筆至此，應該是把自己寫這本書的原由及想法都大鳴大放了。

我的喜悅與感謝

請容我在文末，感謝這一路上幫助我的長輩及朋友。

首先是我的父母。隨著年紀的增長，我愈發能體會到

他們對我的關愛照顧與用心栽培，我也相信，此書出版時，他們一定也在天堂上舉行派對，開心的為我慶祝。

工作這麼多年，我很幸運，能得到許多貴人的提攜。在我所屬的聯合報系，《聯合報》發行人王效蘭女士給我最寬廣的發揮空間；前《聯合報》少年兒童叢書總編輯同時也是知名作家桂文亞女士教我細膩與寬容；前幼獅文化公司總編輯孫小英女士和東海大學中文系副教授許建崑先生在百忙之中，為我寫序；光仁中學李立立校長、格致中學鄭經綸校長、中華民國作文教育學會台北市分會陳馨會長、《國語日報》郭玉慧主編、前人間衛視新聞部徐美玲經理、中正文化中心盧家珍主編惠賜推薦小語。

最後要感謝我的學生云瑄、亭妤、巧薇、宜庭、立昂、明儀、許禎、定洋、品柔、憶驊、依璇，他們在課堂上的用心學習，寫出了一篇篇的佳作，更慨然同意讓我收錄在本書中。

如果喜悅可以傳播，我願意分享出版本書的喜悅，願大家都能以輕盈的心，享受生命中美好的陽光與小雨。

•目　錄•

第 1 課

記敘文

看圖片學寫作

——精準的色彩
讓畫面更華麗

見賢思齊賞佳作

世界奇景——弗之心　　◎陳亭好

「橫看成嶺側成峰，遠近高低各不同。」從直升機鳥瞰這雄偉壯觀的景象，由遠而近，從高向低，任何角度，都令人嘆為觀止，並有不同的感受。

放眼望去，一望無際的草原掩映在青山綠水間。草原上有個心形位於中央，這真是不可思議，彷彿是上帝的神來一筆，將其想法描繪於這片綠意盎然的草地，請世人妥善保存，好讓這世界奇景生生不息的流傳下去。

若能親自到此地欣賞這不朽的奇蹟，便能發現世界如此瑰麗與奧妙，望向它，心中的煩惱頓時拋到九霄雲外，令人感到神清氣爽、心曠神怡。

七彩的國度　　◎陳亭好

從高處俯視印度拉加斯坦，映入眼簾的是各種式樣精美的布匹，層層交疊，每塊拼布色彩豔麗，而別具一格的圖案

也洋溢著濃濃的民族風味。

　　豔陽高掛，熾熱的溫度毫不留情的射向廣場上的人們。他們或零星散開，或三五成群，儘管烈日當頭，早已汗流浹背，但始終不為所動，一心守護著這七彩國度，彷彿守護著充滿無限希望的未來。

　　五彩繽紛的色彩，悅目且高雅，令人目不暇給，在欣賞的同時，我也能感受到圖中人們的期望。這幅七彩的國度，繪出人生瑰麗的色彩，也展現了希望。

新喀里多尼亞──弗之心（法國）　　　◎張云瑄

　　這張圖片最顯眼的部分就是中間的大心形。它由一大片綠油油的樹林所包圍著，樹林旁還有一條彎彎曲曲的小河流，而小河流又通往一條大河流。大河流的河水是翠綠色的，乍看之下與相鄰的樹林融成了一體。大河流對面的空地上有些許的樹木，由天空往下俯瞰，是草綠色的綠葉，和隔壁的翠綠樹林形成了一種漸層的美感。

　　大河流的岸邊有一片淺灰色的沙地，似乎很適合候鳥前來覓食，但右上方那荒蕪的空地，只有一大片淺色的沙土，

沒有一點綠意，和周圍的翠綠樹林形成強烈的對比。

　　據說這個令人嘆為觀止的自然奇景是因海水漲潮所形成的。由於漲潮時，被海水淹沒的土地含有極高的鹽分，一般的植物無法成長，只有紅樹林等看似矮小卻充滿生命力的植物得以生存。於是，十分巧合的，紅樹林便在這裡「畫出」一個令人驚豔的「心」。大自然是位才華洋溢的藝術家，這片綠意盎然的森林，便是他鬼斧神工的經典鉅作。

拉加斯坦・齋浦──曬棉布（印度）　　◎張云瑄

　　俗話說：「數大就是美。」圖片中那些五彩繽紛的棉布，彷彿為大地穿上一件亮麗的新衣。鮮豔的火紅、亮麗的葡萄紫和顯眼的土耳其藍，再加上風格各異的圖案，使得海報中的每塊棉布，各自展現迷人的異國風情。

　　這些豔陽下的棉布，躺在酷熱的沙地上，彷彿享受著舒服的日光浴，不過要是換成是我的話，應該受不了在炎炎夏日躺在沙地上的高溫吧！

　　那些令人眼花撩亂的棉布形成了一望無際的「布海」，而零星分布其間的人們，則顯得特別的渺小。我想，等這些

棉布曬好，要一件件收起摺疊時，應該又是一件累人的浩大工程吧！屆時，如果攝影家再從高空俯拍，想必又是一幅震撼人心的畫面吧！

（◎編按：您可以上網搜尋參考「弗之心」、「齋浦曬棉布」圖片。）

他山之石識珠璣

　　即便是一模一樣的兩張圖片，也會因為觀賞者的體會不同，而產生不同的書寫角度。亭妤和云瑄的這四篇「看圖寫作」便是最好的證明。

　　但，即便是視角不同，這四篇短文仍各有可取之處。

　　云瑄的作品好似兩幅工筆畫，透過文字的細細描繪，將圖片中的樹林、河流及棉布等鋪展於讀者面前；亭妤則聚焦自我的觀賞心情，以「世界的瑰麗與美妙」及「守護充滿無限希望的未來」為兩張圖片定調。

　　是的，誠如亭妤所引用的蘇軾名句：「橫看成嶺側成峰」，特殊的拍攝角度，營造出全新的視覺震撼；不同的

書寫角度則激盪出迥異的作品風格，但無論如何，能夠融入所思所感的作品，方具有更高的可讀性。

精益求精巧琢磨

　　一塊溫潤美玉需要精心琢磨，一篇優秀文章也需要費心推敲。現在，我們從「入門款」著手，練習字斟句酌的功夫。

　　首先，請思考一下：鳥瞰、俯視、眺望、遙望、仰望這幾個辭彙有何不同？雖然都與「看」有關，但這幾個詞彙能更精準的說明「看的高度」。從這個觀點出發，我們接著檢視這四篇作品的遣詞用句。

　　如果有人寫：「從直升機仰望這雄偉壯觀的景象」或「從高處遙望印度拉加斯坦」，你覺得恰當嗎？前者令人有「雄偉壯觀的景象」出現在天際的錯覺，後者則讓人以為印度拉加斯坦是位於高處。反觀亭好的短文，她以「從直升機鳥瞰」、「從高處俯視印度拉加斯坦」兩句，明確的交代出：欣賞這些奇景的視角是從高處往下看的鳥瞰、俯視。此外，以「映入眼簾」來取代較為一般的「看

到」，也是聰明的遣詞技巧。

正本清源奠基石

　　文章中的佳作都不是完整的作文，而是屬於練習基本功的「片段作文」。學習作文時，從圖片的描寫著手，是培養觀察力、想像力與表達力的好方法。片段作文，主要藉由兩張圖片，練習描景。請看云瑄對顏色的描寫吧！常見的「紅紅的」、「藍藍的」用詞都只能約略的交代出「色系」，但云瑄透過「鮮豔的火紅」、「亮麗的葡萄紫」和「顯眼的土耳其藍」使華麗的畫面能清晰的呈現在讀者的腦海中。因此，描寫景物萬萬不能忽視顏色的應用，而應用顏色時，又萬萬不能只是約略的交代色系。以紅色為例，除了粉紅、桃紅、橘紅、磚紅、鮮紅、火紅等常見的形容外，不妨試著用更高級的緋紅、豔紅、玫瑰紅、番茄紅、辣椒紅等；再以藍色為例，在淺藍、淡藍、深藍、天藍、灰藍之外，你一定還可以想出蔚藍、湛藍、寶藍、海軍藍、土耳其藍、普魯士藍、孔雀藍等更華麗的詞彙。至於綠色系、黃色系、紫色系還有哪些高級的形

容，請你自己腦力激盪，完成以下的練習。

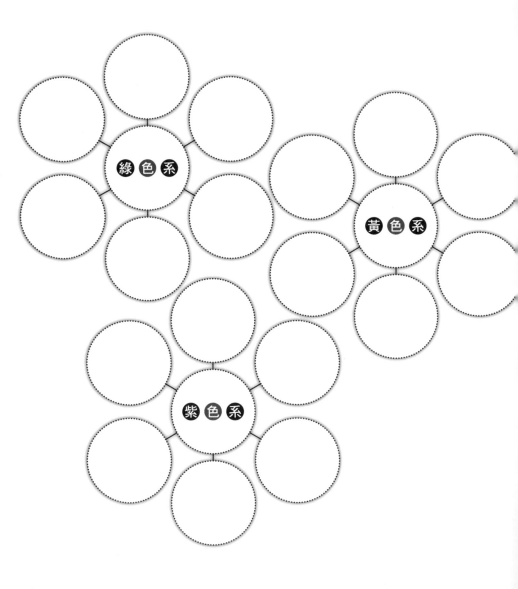

寫作練習

文思泉湧現風采

　　上網搜尋一張波斯菊的花田圖片，請仔細觀察，並寫一篇看圖描寫的片段作文。題目自訂。

第 **2** 課

記 敘 文

寫四季的歌

——讓聯想圖
幫你整理吉光片羽

見賢思齊賞佳作

四季之歌　　◎陳巧薇

　　四季之歌，時而輕快愉悅，時而激昂洶湧，時而悠揚低迴，時而憂鬱舒緩。然而喜也好，愁也好，四季之歌一如生命之歌，盈滿了無窮的人生況味。

　　在生氣蓬勃的春天，公園裡百花齊放，樹梢上的鳥迎風歌頌，路上的行人精神抖擻，生命的快樂頌就此奏起。春天象徵著全新的開始，一切的事物從睡眠中醒來，在小草的伸展操與蜜蜂的嗡嗡聲中，綠油油的稻田裡已插滿一株株的秧苗。當滋潤大地的春雨紛紛落下時，人們的笑聲就是這曲快樂頌的最佳合音。

　　五月的端午過後，第一聲的蟬鳴高調的揭開了夏的序曲，那彷彿從四面八方湧來的蟬鳴，恣意地將夏的溫度推升再推升。不甘淪為配角的烈日，只好更張揚的燃燒著，是的，他的意思再明白不過了：「在這夏天，只有我——烈日才是真正的『英雄』！」於是，整個夏季，大家都激昂了起

來：午後的大雷雨轟隆轟隆，劈哩啪啦；荷塘中的蛙類嘓嘓嘓嘓；街頭上的車輛叭叭叭叭。在這一曲又一曲的「英雄曲」中，每個人都是主角，每個人都有喧譁的權利！

在我的眼中，四季從來就不是「對等」的：夏天可以囂張而漫長，但秋天卻低迴而稍縱即逝。秋，似乎只是一個轉折，輕得像個逗號，但當枯葉、金穗、橙柿、黃菊一一展演出它們的優雅姿態時，沁涼的秋風拂過耳際，不禁讓我想起了旋轉再旋轉的圓舞曲，於是，看似短暫的秋，變成了刪節號，餘音嫋嫋。

少了紛飛的雪花，冬天的風和雨竟變得更加的刺骨。在不得不外出的冬日，厚重的大衣、瑟縮的頸項、沉重的腳步，讓憂鬱的心更加的糾結，一如灰撲撲的天空。除非上天恩賜一道暖暖冬陽，否則，能招喚我的只有暖暖的被窩。冬天，是一首舒緩的小夜曲，伴隨我在夢之海中緩緩擺盪。

四季是一首首動聽的歌；喜悅的春之頌，澎湃的夏之曲，優雅的秋之歌，沉穩的冬之樂。四季之歌，唱出四季的變化，也唱出我的心情。

他山之石識珠璣

　　四季是十分常見的寫作主題，但千萬別因此而小看了「四季之歌」這個題目。愈是常見或寫過的題型，愈是容易忽略「審題」的重要。這個「四季之歌」的題目，要審的不只是四季，還有「歌」！因為有「歌」，所以文章中需要「聲音」；因為有「歌」，所以鋪陳四季時，別忘了以歌曲來形容或譬喻。

　　且看巧薇的這篇佳作：以春與《快樂頌》、夏與《英雄曲》、秋與《圓舞曲》、冬與《小夜曲》為四個季節「定調」，審題精準，一出手便有好的開始。

　　有好的審題，自然也要講究文章的結構。此文採取穩健的總分結構法，在文章內裡，依循春夏秋冬的順序安排段落，各段的分量也大致相同，避免了時重時輕，段落失衡的毛病，而透過鳥、蟬、蛙、柿、菊、風、雨等景物為四季構圖，也使文章呈現鮮麗的畫面感。值得稱道的是，開頭直接以輕快、激昂、悠揚及憂鬱為四季之歌破題，結

尾再藉由喜悅之頌、澎湃之曲、優雅之歌、沉穩之樂，注解春夏秋冬，有總收題旨並與開頭遙相呼應之效。要在有限的時間、有限的篇幅中，完成一篇首尾俱足，結構完整的文章，「總分結構法」是很好的應戰技巧。

精益求精巧琢磨

　　如果在一篇文章中，總是出現美麗、快樂、開心、悲傷、難過這類的形容詞雖然不算錯誤，但終究無法提升文章的「質感」。這「質感」看似抽象，但我們可以更「白話」一點的來說，就是要盡量使用「高級」的詞彙，同時，要避免在同一篇文章中，使用相同的詞彙。

　　不信嗎？以下的例子，你不妨念念看：

> 四季之歌，時而快樂，時而激烈，時而低沉，時而悲傷。
> 四季之歌，時而輕快愉悅，時而激昂洶湧，時而悠揚低迴，時而憂鬱舒緩。

　　再試試這兩句：

> 喜悅的春之歌，澎湃的夏之歌，
>
> 優雅的秋之歌，沉穩的冬之歌。
>
> 喜悅的春之頌，澎湃的夏之曲，
>
> 優雅的秋之歌，沉穩的冬之樂。

在這兩組「對照組」中，你喜歡哪一句？不需要我說，你心中自有答案。為什麼？原因無他，就是以輕快愉悅、激昂洶湧等詞取代常見的快樂、激烈；以頌、曲、樂等同義詞的「輪播」，替換「歌」的一成不變。

正本清源奠基石

要寫出一篇優秀的作文，從來就不是一件容易的事，但是，反過來說，也不至於是多麼的難如登天！

以下的聯想圖，希望能幫上一點小忙！拿到一個題目時，如果不是很有把握，可以不急著振筆疾書，不妨先將腦中閃過的吉光片羽整理成聯想圖。以「四季之歌」這個題目為例，巧薇從春天聯想出視覺的百花、鳥、小草、蜜蜂、秧苗與聽覺的雨聲、笑聲和心覺的全新的開始，那麼

你會聯想到什麼？現在我們小試身手，先畫出春夏秋冬四個季節的主軸，再從這四個主軸，延伸出相關的素材。

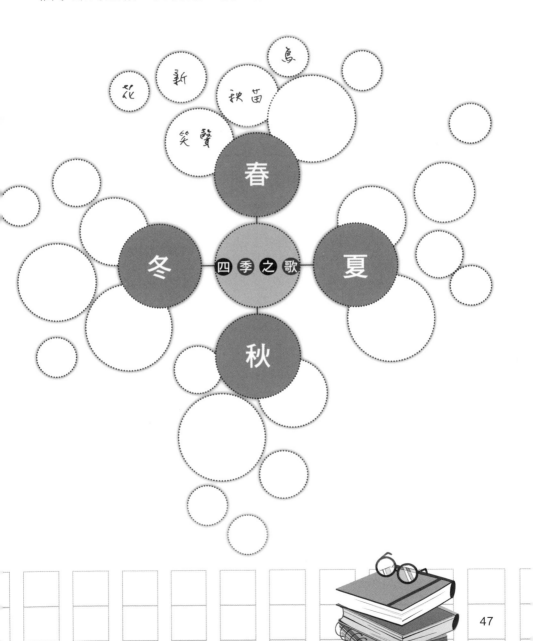

文思泉湧現風采

題目：四季之歌

引導說明：

　　在四季的更迭中，你是否感受到它們的變換？或許是花開了，草綠了；或許是蟬鳴蛙叫、荷盡菊黃。當四季之神畫出不同的景物、奏出不同的音樂時，自然也會帶給人們不同的感覺或體會。請以「四季之歌」為題，寫一篇首尾具足，結構完整的文章。

第 **3** 課

記敘文

有聲有色
最燦爛

——摹寫修辭
與順敘結構

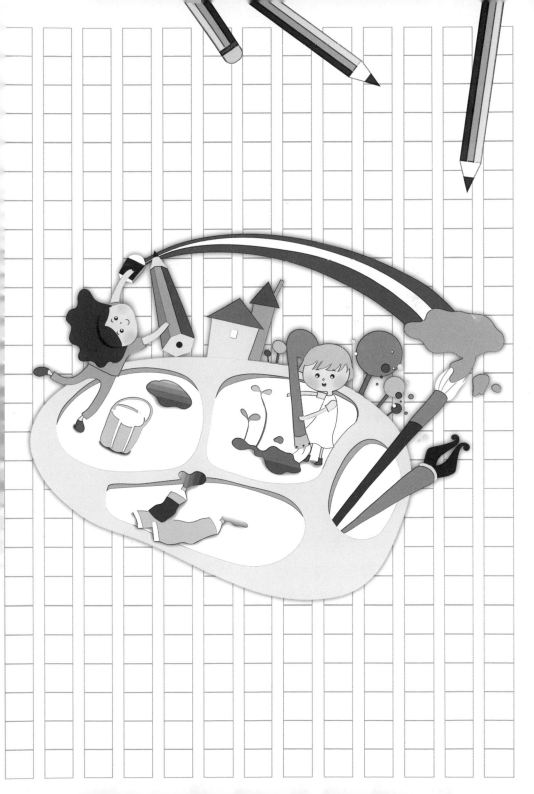

見賢思齊賞佳作

燦爛的煙火　　◎李宜庭

在跨年的夜晚，早有幾千幾萬人在101大樓下等待著，等待著它點亮黑漆漆的深夜。

「五、四、三、二、一」，隨著時間一分一秒的逼近，大家的心情也愈來愈緊張，愈來愈興奮，每個人都目不轉睛的盯著數字，深怕一眨眼便錯過那重要的一刻。接著，「零」的聲音破空而出，大家齊聲驚呼，驚呼著夜空中綻放光明的燦爛煙火！

從遠處望去，這煙火像一道又一道的七彩噴泉，在空中噴灑出絢麗的色彩，有時，這噴泉還會變成一條條繽紛的彩帶，有的往上衝，有的向下落，每條彩帶的尾端還拖著一絲絲的光芒。正當大家還來不及為這壯觀的景象喝采時，幾朵小巧可愛的煙火便急著上場了。它們像小丑手上的彩球，不斷的往上拋出，令人目不暇給。特別的是，這些彩球一經拋出，竟又變成了鮮豔的花朵，盛開在夜空中，看著這些花朵

在空中散開又落下，彷彿要把花朵和果子送給我們這些熱情的觀眾。

漆黑的夜空，因為這些燦爛的煙火而變得明亮耀眼，寒冷的空氣，因為這些煙火的呼嘯聲而變得熱鬧非凡，當大家還沉浸在歡樂的氣氛中時，突然，從大樓旁射出了一串串，一束束的煙火，它們有如幾千幾萬顆流星拖著銀色的彩帶劃過天際，伴隨著咻咻咻的聲響，看得大家目眩神迷，也為這場美麗的煙火大秀，畫下最奢華的休止符。

此時，洶湧的人潮像漲退不定的潮水，我不死心的仰望著曾經明亮如畫的黑夜，期待夜空能再次披上煙火的彩衣，直到人潮漸漸散去，我才在心中暗暗許下心願，希望在未來的一年中，我也能像這煙火般，展現耀眼燦爛的光芒！

評 析

他山之石識珠璣

我們常說，文章有記敘文、抒情文和議論文三種文體，其中，記敘文可以說是這三種文體中最常見，應用最

廣泛的。而在記敘文中，我們又因為描寫的主體不同，可區分為描景、寫人、敘事及詠物。請參考以下的圖表。

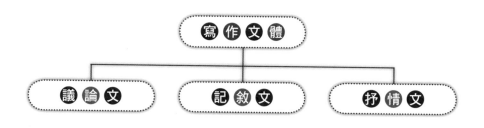

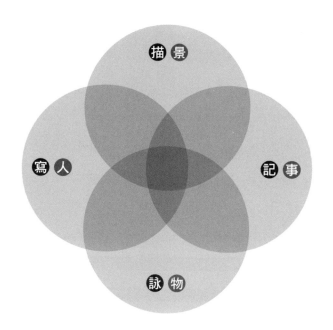

本單元的題目「燦爛的煙火」看似紀錄欣賞煙火之事，實則描寫煙火的燦爛之景。因此宜庭在第一段簡潔的交代欣賞煙火的時間及地點後，便立刻導入主題，除了摹寫出煙火像七彩噴泉、像彩帶、像彩球、像花朵的視覺效果，也加入煙火的咻咻聲，及觀眾的倒數、歡呼聲。這種藉由視覺及聽覺選取寫作材料的技巧，不僅扣緊了「燦爛」的主題，也使文章顯得有聲有色。

精益求精巧琢磨

我們常說寫文章必須條理井然，但怎樣才能條理井然呢？方法之一：順著時間寫！千萬千萬不要瞧不起這種順著時間結構寫的「順敘法」，許多經典的文學作品就是應用「順敘法」寫成的，李白的〈靜夜思〉、孟浩然的〈過故人莊〉都是很鮮明的例子。李白先寫夜半看見床前的月光，再將月光比喻成霜，並遙望明月，最後敘述思鄉之情；而孟浩然則從收到邀請函開始，按照時間的順序，鋪陳旅途所見、抵達目的地的歡聚與分別的依依不捨。理解了以上這兩首詩的時間結構後，接著看看宜庭的〈燦

爛的煙火〉。整篇文章從等待開始，依序描述煙火綻放後的各種景象，及煙火秀落幕，人潮散去的心情，應用的也是「順敘法」的結構。寫這種記敘文，不一定要賣弄複雜技巧，只要熟習「順敘法」，便能讓文章自然流暢，呈現「水到渠成」的質樸感。

靜夜思　◎李白

床前明月光，疑是地上霜。
舉頭望明月，低頭思故鄉。

過故人莊　◎孟浩然

故人具雞黍，邀我至田家。
綠樹村邊合，青山郭外斜。
開軒面場圃，把酒話桑麻。
待到重陽日，還來就菊花。

正本清源奠基石

　　學寫作，不能不會「摹寫法」。因為無論是描景、寫

人或詠物，「摹寫法」可以說是「根本大法」！幸運的是，這摹寫法一點都不深奧，因為你只要打開身上的感官，這「摹寫法」就會自動的來找你報到。把你眼睛看到的顏色、形狀寫出來，就是視覺摹寫；把你耳朵聽到的聲音寫出來，就是聽覺摹寫，以此類推……

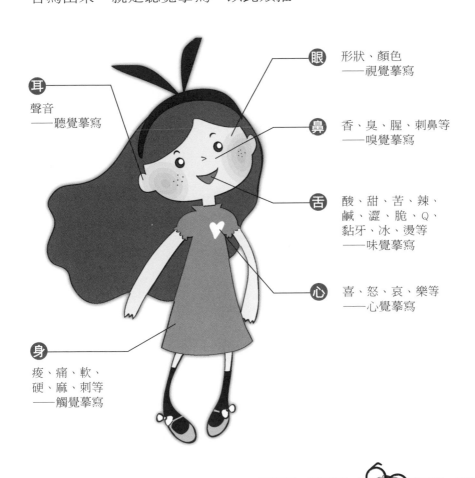

耳
聲音
——聽覺摹寫

眼
形狀、顏色
——視覺摹寫

鼻
香、臭、腥、刺鼻等
——嗅覺摹寫

舌
酸、甜、苦、辣、鹹、澀、脆、Q、黏牙、冰、燙等
——味覺摹寫

心
喜、怒、哀、樂等
——心覺摹寫

身
痠、痛、軟、硬、麻、刺等
——觸覺摹寫

摹寫法中視覺摹寫和聽覺摹寫是應用最廣泛的，在第一課的看圖寫作中，我們練習了視覺摹寫中的顏色，所以這一課我們接著練習聽覺摹寫。平常我們常用的「咚咚咚」、「轟隆隆」等狀聲詞就屬於聽覺摹寫，如果以「大自然的聲音」為主題，你會想到哪些聲音呢？

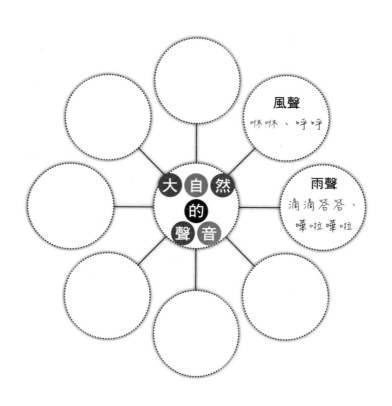

文思泉湧現風采

題目：燦爛的煙火

引導說明：

　　在跨年、元宵、國慶等值得慶祝的節日，施放煙火似乎已成了最重要，也最令人期待的節目。即使不曾親身經歷，我們也能從電視畫面或新聞照片中欣賞到煙火的千姿百態。這些極盡聲光效果的煙火，曾帶給你怎樣的感受？請以「燦爛的煙火」為題，寫出你的所見、所聞及所思所感。

第4課

記敘文

靈心慧筆
學審題

——緊扣題旨擬大綱

見賢思齊賞佳作

驟雨　◎陳立昂

　　這天中午，風和日麗，一切十分美好。城市裡行人有說有笑；山崗中蝴蝶翩翩起舞，歡樂的氣息飄揚在這充滿活力的人間。

　　倏然間，烏雲滿天，群燕低飛，嘩啦啦、嘩啦啦，一場令人措手不及的驟雨，任性的落了下來。雨水落在城市、落在山崗，一下子大，一下子小，轟隆！一道刺眼的閃電劃破天際，接著，一聲聲驚人的雷鳴，正式拉開這場驟雨的序幕。雨愈下愈大，愈下愈猛，猶如怪獸發威般，瘋狂的向地面攫來。花草樹木禁不起驟雨的考驗，只能低下「頭」，任憑滂沱大雨和無情閃電恣意作亂。

　　這一切來得如此突然，突然得讓我措手不及，只能倉皇的奔跑，匆匆躲進騎樓下。我輕輕拍去衣服上、頭髮上的雨珠，再抬頭望著這一時半刻還無法停歇的驟雨，臉上盡是懊惱與無奈：「沒辦法，看來，除了等待，別無他法。」

　　不過，也不是所有人都可以像我一樣「幸福」的等待天晴。急著趕路的人們，有的胡亂的將背包頂在頭上，權充臨時的雨傘，有的從書包中抽出一個紅白條紋的塑膠袋，往頭上一套。這應急的「紅白雨帽」裝扮，乍看有些怪異好笑，但再想想，竟不禁佩服起他的瀟灑。

　　這場雨打亂了我的行程，但也送給我一段難得的「空白」。我彷彿偷得浮生半日閒般的看著這雨中即景。時明時滅的紅綠燈在雨中顯得模糊，撐著傘的人們，小心翼翼的走著，提防著從身邊經過的車輛，和可能濺起的水花。

　　慢慢的，雷聲不再響起，趁著雨勢漸歇，我快步走回家。雨過並未天青，雨後也沒有彩虹，有的只是初上的華燈和空氣中被雨水洗過的味道。

他山之石識珠璣

　　一場突如其來的雨，打亂了作者的行程，但也送給了

他一段「偷得浮生半日閒」的雨中時光。立昂緊緊抓住主題，以短短的第一段交代雨前的風和日麗後，立刻切入雨景，在第二段中描寫驟雨中的閃電、雷鳴、花草樹木。接著，把雨中的人們也寫進來，這些人中，也包括了作者自己。這種把自己寫進來的安排使得文章更有臨場感。

倉皇奔跑、躲進騎樓、輕拍雨珠、懊惱無奈寫的是自己，頂著背包趕路、套「紅白雨帽」應急，是作者觀察到的另一種雨景。既描景，也寫人，寫心情的內容，使文章豐富了起來，而且每一種的景與人的刻畫，都很準確的「鎖住」驟雨的突然，與讓人措手不及！

因為重點是雨中的景象，所以最後一段，以短短的雨後返家收束全文，簡潔有力。

精益求精巧琢磨

寫作文和寫日記不同，不能想寫什麼，就寫什麼。首先，要看清楚題目。這裡說的「看清楚」的意思，就是每個字都要注意，別以為：「不過就是兩個字——驟雨，就寫雨囉！」別忘了，「雨」還分大雨、小雨、梅雨、雷

雨，甚至還有抽象的「及時雨」和「屋漏偏逢連夜雨」！

以基測作文的考古題為例，題目是「體諒別人的辛勞」，就不能寫成「希望別人也體諒我的辛勞」。我知道，每個人都有他的辛勞之處，「可是，我又要上課，又要補習，真的很辛苦！」這當然是你真正的心聲，但是，這個題目的重點偏偏不是「請體諒我的辛勞」啊！

還有「當一天的老師」要注意「一天」，不要把內容寫成「假如我是老師」。有差別嗎？當然有，如果你的規畫是既要在學校上國文、數學、音樂、體育，還要去戶外教學、到醫院當公益小天使，那就比較像是寫「假如我是老師」，因為要在一天之內，完成這麼多的課程和活動，絕對是「不可能的任務」。說到這裡，你應該了解到，有些題目看似鼓勵發揮想像力和創意，但不表示可以天馬行空的胡謅一通，要睜大眼睛注意題目的「限制」啊！

正本清源奠基石

寫作文如果一開始的審題沒做好，那麼接下來，不管結構多嚴謹，布局多巧妙、文辭多優美，都不可能得到好分

數！那麼，該怎樣才能學會審題呢？多思考，多練習吧！

下列的幾個題目，你覺得哪幾個字很重要，請圈出來，並說說原因。

1.夏天最棒的享受

2.我從同學身上學到的事

3.回家路上

4.可貴的合作經驗

5.戰勝自己

6.一場及時雨

如果題目是「那一刻，真美！」，你覺得以下的兩組大綱，哪一組較為切題。為什麼？

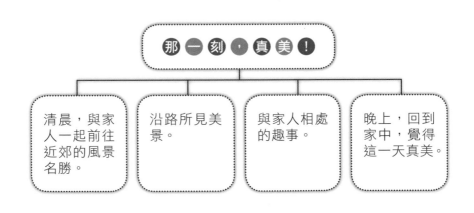

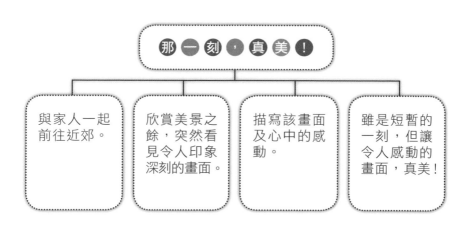

請以「驟雨」為題，擬定大綱，特別注意，內容需緊扣「驟」與「雨」！

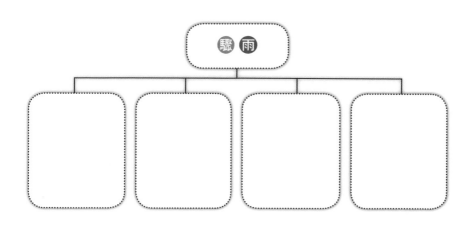

文思泉湧現風采

題目：驟雨

引導說明：

　　大自然的瞬息萬變往往讓人有「天有不測風雲」之嘆。你曾經遇到過突如其來，令人措手不及的驟雨嗎？驟雨一來，周遭的景物會有怎樣的變化？當時的景象有什麼特別之處？你和其他的人們如何因應？你的心情如何？請以「驟雨」為題寫一篇完整的文章，文長不限。

....

....

....

....

....

....

第 5 課

記敘文

對話法，
怎麼用？

—— 鮮活的表情、
　　動作與心情

見賢思齊賞佳作

考試前後　　◎丁明儀

「請趕快去收拾你的書桌！」每當我的書桌被堆積如山的課本、自修、評量所占據時，媽媽總會固定「播放」這樣的催促聲。唉！說實在的，這樣的雜亂也不是我願意的，只是為了爭取好成績，每逢考試前，我的心就好像被一塊大石頭壓著，總是胡亂的猜想著：「這次會出什麼題目？難不難？我可以考到第幾名？」忐忑不安的心情，甚至祈禱考試當天可以發生什麼事，讓考試不得不取消。

可惜的是，這樣的祈禱從來不曾應驗過。考試當天，我坐在座位上，雙腳軟得像棉花糖，還不由自主的發著抖，看著面前的考卷，更是緊張得腦筋一片空白，只聽到心跳加速的聲音，而不斷出汗的手掌更讓我忙著擦手，深怕弄溼了考卷。

第二天，考試結果揭曉了，我簡直不敢相信自己可以考得那麼好，當知道班排和另一位同學並列第三名時，我高興

得手舞足蹈，喜悅的心情都寫在臉上。考試結束了，心中那顆沉重的石頭已被擊碎了，我彷彿是隻重獲自由的鳥兒，又能自在的在校園中飛翔。

　　自從求學以來，我的人生變充滿了許許多多的考試，這一次次的考試就是一場場的戰爭。考前，沉沉的戰鼓咚咚的響起，提醒我拿起武器，加緊練習，準備應戰；接著，考試來臨了，戰鼓聲震耳欲聾，我和同學們是一群被逼上戰場的士兵，浩浩蕩蕩的向敵營前進，空氣中瀰漫著濃濃的火藥味；考試後，戰鼓聲停了，戰爭結束了，火藥味也漸漸的散去，只留下我們清點在戰場中的收穫或損失。每一次的考試前，我叮嚀自己努力複習，做好充分的準備，因為，我知道，只有這樣，才能在考試的戰場上，戰無不勝，攻無不克！

評析

他山之石識珠璣

　　這個題目有陷阱，幸好明儀很厲害，沒有中計！

題目是「考試前後」，看似平凡，甚至有的人會想：「唉唷！這題目我寫過，不就是把我考試時發生的事和心情寫出來嘛！」這樣想，很危險，因為稍一不慎，就可能寫成了「考試的時候」。

　　看仔細了，是考試「前後」，所以不能只寫考試當時的情形，必須呈現考前與考後的改變或體會。以明儀的文章為例，考前他的書桌雜亂，心情忐忑；考試中，緊張發抖，心跳加速；考後成果豐碩，心情愉悅。透過時間的順序鋪陳，明確的交代了考前考後的兩樣情。不僅如此，末段，再把考試比喻為戰爭，並以考試前戰鼓響起，準備應戰；考試中，士兵被逼著前進；考試後戰爭結束，清點收穫或損失的敘述，巧妙的呼應前文。明儀不賣弄複雜花稍的技巧，而以流暢的文筆，平穩而如實的寫出所思所感，讓文章散發出自然的有機風味！

精益求精巧琢磨

　　明儀在首段中，加入了兩句對話，使文章在平鋪直敘中產生變化，而更顯活潑。這種書寫對話的技巧，值得用

心的學習，好好的應用。

　　寫對話時，須懂得取捨。謾罵和不雅的話，千萬不可一字不漏的抄錄進去，以免糟蹋了一篇好文章的氣質，萬一因此害自己被扣分，那就太冤枉了！此外，對話中如果出現自己的名字、學校或任何可以識別出你的身分的文字（如我的伯父是某市的市長），將陷自己於「作弊」的絕境，後果是：**零分**！切記！切記！

　　其他，還有一些小細節需注意。寫對話，要記得使用冒號（：）及上下引號（「」），每個標點符號要分別占一格，不可以擠在一起，而且要記得上下引號是成對出現的，不可以只寫了上引號，而漏了下引號。這些寫錯、漏寫標點符號或將不同的標點符號擠在同一格的情形，在實務批改時很常見，都會使得文章美中不足，十分可惜！以下的兩段示例，請你找出錯誤之處，並加以改正。

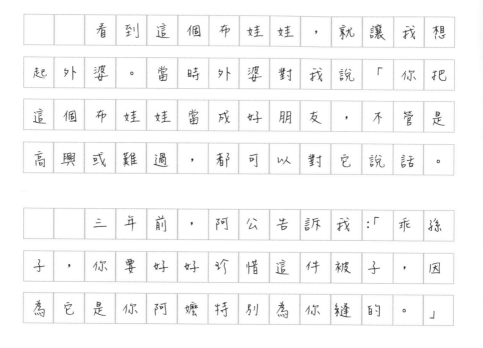

　　看到這個布娃娃，就讓我想起外婆。當時外婆對我說「你把這個布娃娃當成好朋友，不管是高興或難過，都可以對它說話。

　　三年前，阿公告訴我:「乖孫子，你要好好珍惜這件被子，因為它是你阿嬤特別為你縫的。」

正本清源奠基石

　　寫對話時，如果只是不斷的寫著：你說、我說、老師說、同學說，會使文章顯得很無趣。比較初級的改法是，把「說」改成認為、表示、建議、提醒、覺得等不同的詞彙。更進階一點的，不妨在對話前，加入人物的表情、口氣、動作或心情等。例如：我嚇得往母親懷裡鑽，連聲

說：「媽媽，我好怕，回去吧，這一點也沒勞來哈台好看。」（電影與我／琦君）

　　以下的對話，請你練習加上表情、口氣、動作或心情等。

從小，他就有一籮筐的糊塗事，可是他總是_____的說：「我是小事糊塗，大事不糊塗。」

（大事不糊塗的么弟／宋晶宜）

「簡單。」弟弟_____說：「我們向奶奶養的公雞借幾根。」

（那年冬天／邵僴）

「你竟敢恐嚇達力！」威農姨丈氣得_____。

（哈利波特／JK‧羅琳）

文思泉湧現風采

題目：考試前後

引導說明：

　　只要是學生，一定都經歷過大大小小的考試。考試前，你是用心準備，還是毫不在乎？考試時，你是胸有成竹還是驚惶失措？考試後，你是歡呼收割還是悔不當初？考試前後，你的心情有怎樣的轉變或體悟嗎？請以「考試前後」為題，寫出你的親身經歷。

第6課

記敘文

寫自己的
故事和心情

—— 去蕪存菁最精采

見賢思齊賞佳作

燈下夜讀　　◎許禎

　　時鐘的滴答聲，沙沙的書寫聲和翻書聲，在萬籟俱寂的夜裡顯得格外擾人。一盞昏黃的燈光，幾疊厚重的參考書和凌亂的筆跡，陪伴著桌前的我。我，正在做段考前的最後衝刺。

　　夜深了，家人都睡了，我被世界遺忘在書桌前，與國文奮戰。沁涼的夜風微微的吹動書頁，我埋首書堆，用心體會蘇東坡、李白、杜甫的詩詞意境與跌宕起伏的生命故事，彷彿進入另一個世界，一個引人發思古幽情的文學世界。因為有古人相伴，燈下夜讀好像豐富了起來。

　　隨著時光的流逝，漸漸的，眼皮沉重了，腦袋一片空白，耳邊響起：「快去睡吧！快去睡吧！」，接著，眼前的字也跳起舞來，似乎在嘲笑我的無能。「不行！再一下下就好，我不能輸給自己！」我想起古人的「懸梁刺股」，雖然不至於那麼的極端，但是提神是必要的，於是我走進廚房，

為自己泡一杯茶。

　　等待熱水沸騰的時間，我問自己為什麼要這麼努力？除了不想讓父母失望之外，更重要的是，這是我對自己的要求。人沒有壓力，就不會成長，我要和自己比賽，我要一次比一次更強，而且我相信自己做得到！

　　抱著這股堅持，我再次回到燈下、桌前，繼續孜孜不倦的讀著、背著、練習著。「如果沒有耕耘，哪來的收穫？」我以這句至理名言鼓舞自己，並告訴自己：「燈下夜讀固然辛苦，但既已立定目標，就勇敢的向前邁進吧！」

他山之石識珠璣

　　在重視思考力、感受力的今天，引導學子「寫自己的故事」已成命題趨勢。以這幾年基測作文的考古題為例，「我從同學身上學到的事」、「常常，我想起那雙手」、「那一次，我自己做決定」皆非常明確的指出「我」，寫作方向自然要以自己的經驗、心情為主，其他如「夏

天最棒的享受」、「可貴的合作經驗」、「那一刻，真美！」、「當一天的老師」等題目雖然未出現「我」，但是將文章的主角設定為自己，從自己的經驗開始思考，並搜尋寫作素材，仍是最聰明、正確的方向。

也就是說，就算你博覽群書，讀過許多名人、偉人的傳記，寫作文時，這些名人偉人只能列為配角，千萬不可喧賓奪主。所以，寫「夏天最棒的享受」，你不必寫爸爸媽媽認為的享受，寫「可貴的合作經驗」也毋須刻意搜羅名人偉人的合作經驗，記住，內容的重點圍繞著自己，就對了！

看到「燈下夜讀」的題目，也許有人會聯想到古人的鑿壁借光或映雪囊螢，但是許禎緊緊的抓住了「寫自己」的重點，寫自己夜讀的經驗、心情，真正寫出自己的所思所感，這才是讀者（閱卷老師）想看到的！

精益求精巧琢磨

我們常說：「文如其人。」意思就是一篇文章中約略透露了作者的個性。寫作文，特別是為了考試而寫

時，請從正面的角度擬定主旨，展現作者積極進取的人生態度。

「燈下夜讀」當然辛苦，所以看到這樣的題目是，每個人都有一肚子的報怨想要大鳴大放，但是許禎很自制，她一方面形容自己是「被世界遺忘在書桌前」，疲累時「眼前的字也跳起舞來」，這樣的描述真讓人心有戚戚焉，而在另一方面，許禎也沒忘記正面積極的大原則，所以她認為因為體會古人跌宕起伏的生命故事，而使得燈下夜讀豐富了起來；並在結尾強調：「燈下夜讀固然辛苦，但既已立定目標，就勇敢的向前邁進吧！」

面對作文考試或比賽，不要學某些政論節目的大放厥詞，因為故作驚人之語往往會造成反效果，所以最好還是採取穩健、踏實的策略。

正本清源奠基石

參加考試，有些人考運好，一看到題目，便文思泉湧，這種好運固然令人羨慕，但是，萬一沒有「神仙加持」，靈感不來敲門時，便必須學會自救之道——自己出

發去尋找靈感。

　　找靈感有方法。方法之一，先從自己的眼耳鼻舌身意出發。看到「燈下夜讀」的題目，請先想想，燈下夜讀時，你的眼睛可能會看到窗外黑漆漆的夜空、滿天繁星、桌前的排列如一道萬里長城的書牆等；你的耳朵可能會聽到時鐘的滴答滴答聲、爸爸媽媽的打呼聲或是自己的嘆息聲；你的鼻子可能聞到院子的玉蘭花香、從廚房飄出來的宵夜香或是自己百思不得其解，急得全身冒汗的氣味等。除了五官的感覺之外，更重要的是「心覺」。你當時的心情如何？有何想法？或是透過怎樣的「和自己對話」來鼓勵自己，這些都是能讓文章豐富生動的好素材。

　　所謂「弱水三千，我只取一瓢飲。」素材再多，絕對不可以一股腦兒的塞在一起，要選取最精采的部分。通常以大約550至600字的篇幅來看，從上述的眼耳鼻舌身意六覺中，篩選出三至四種就差不多了，而這三至四種中，無論如何一定要包括心覺！

　　下列的星形圖能幫助我們組織靈感，試著練習吧！

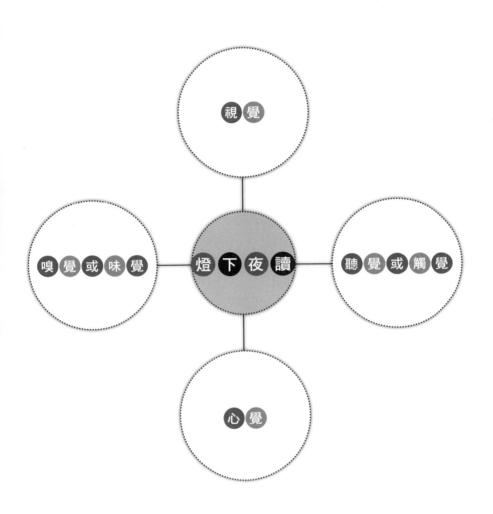

文思泉湧現風采

題目：燈下夜讀

引導說明：

　　夜深人靜，燈下的學子孜孜不倦，與書奮戰。這樣的畫面，你應該不陌生吧！請以「燈下夜讀」為題，描述你的親身經歷，寫出你燈下夜讀時看到的、聽到的或感覺到、體會到的。文長不限，但須首尾具足，結構完整。

第 **7** 課

記 敘 文

小題大作
埋伏筆

—— 原因經過結果的
　　敘事結構

見賢思齊賞佳作

一個失眠的夜晚　　◎李定洋

　　失眠是一種病毒，有的人用藥物控制，有的人以意志力戰勝，而我選擇享受這個失眠的夜晚。

　　看著桌上的功課，腦中回想起國文老師臨下課前的交代：「回家功課是一篇作文，題目自訂，字數約550字。」晚上九點多了，一格格的稿紙上仍然只有我的名字，唉！連題目要寫什麼都還不知道，看來明天是交不出這功課了。不如，睡覺去吧！滴答滴答，夜晚的鐘聲特別刺耳；汪汪汪汪，遠方的狗叫聲，格外擾人，半夜一點了，我的眼睛竟然睜得像貓眼一樣大。也許今晚，我的瞌睡蟲旅行去了吧！

　　既然睡不著，我躡手躡腳的走下樓，轉進廚房，這深夜的廚房又黑又暗，感覺像是個黑洞，我快速的倒了一杯水，躲回房間。窗外樹影婆娑不定，睡在隔壁的哥哥鼾聲如雷，偶爾還傳來幾聲野貓的叫聲，而客廳的咕咕鐘也在每個整點

時，咕咕咕咕的報時。哇！不會吧！原以為寂靜的深夜，竟是如此的熱鬧！

我拿起了筆，開始寫作文。

一想到明天，我能準時的交出作文，一想到老師讚許的眼光，我的嘴角不禁微微的上揚。我得意的想著：要不是失眠，我一定寫不出這篇作文，原來，不小心感染了失眠的病毒，也能有意外的收穫。在這個失眠的夜晚，我發現了黑夜的小祕密，也完成了我的作文，作文題目正是：「一個失眠的夜晚」。

評析

他山之石識珠璣

許多人都說失眠是現代人的文明病，其實，古人也會失眠。「月落烏啼霜滿天，江楓漁火對愁眠，姑蘇城外寒山寺，夜半鐘聲到客船。」因為落榜，唐朝的張繼被滿腹的愁思擾得無法成眠，但也因為這樣的失眠，而寫下這首流傳千古的〈楓橋夜泊〉。

在這篇〈一個失眠的夜晚〉中，定洋也失眠了。透過刺耳的鐘聲、擾人的狗吠、婆娑的樹影、哥哥的鼾聲，定洋描摹了一個熱鬧的失眠夜晚。既然睡不著，那就認真的寫作文吧！既然老師說題目自訂，那麼題目就叫：「一個失眠的夜晚」吧！於是，失眠讓張繼寫出了一首詩，也讓定洋完成了一篇「一個失眠的夜晚」的作文。看到了這樣的結尾，我才恍然大悟，原來前面的「題目自訂」是伏筆啊！這樣的急轉彎真讓人驚喜，真讓閱讀此文的我，不由得要拍手叫好！

精益求精巧琢磨

題目生活化是作文的命題趨勢，所以無論是「夏天最棒的享受」或是「可貴的合作經驗」，要寫的都是自己的感受或經驗。但是，我們總是會聽到幾位考生說：「因為夏天熱得讓人煩心，所以我不覺得夏天有任何的享受。」或「在我的成長過程中，從來沒有合作的經驗」。這，就說到了寫作文的本質了。要寫好一篇作文，除了懂得應用審題、立意、取材、結構、修辭等技巧之外，更重要的

是，擴展豐富的生活經驗並養成敏銳的觀察力與感受力，這些平日就要累積的能力，必須靠自己。但是我有一個小小的建議：就是要學會把一些看似微小的經驗，放大到可以「著墨」的程度。

以「一個失眠的夜晚」為例，就算從來沒有失眠過的人，也總有因為某些事，而無法立刻成眠的經驗，所以，我們可以把這種「沒有立刻睡著」的過程放大，拉長「睡不著」的時間，再把原因、經過、結果井然有序的寫出來。也就是說，拿到題目，看到不怎麼熟悉的經驗時，別急著投降，先靜下心來，想想是否有值得「小題大作」的材料吧！

正本清源奠基石

在記敘文中，如果以描景為主，大都從眼耳鼻舌身意等六感，搜尋寫作素材，但如果是偏重敘事，則不妨從原因、經過、結果的時間順序著手。

以著名的童話《小紅帽》為例，從受媽媽之託去探望外婆的原因開始，接著經歷了在森林中遇見大野狼、大

野狼吃掉外婆、小紅帽抵達外婆家的過程，最後，被獵人所救。這樣的敘事結構，就是很典型的「原因、經過、結果」。此外，如「嫦娥奔月」等傳說、《史懷哲傳》等傳記，也都是這樣的例子。

　　敘述事件的文章，通常在段落的比例安排上為1：3：1，也就是開頭的原因占一段，結尾的結果占一段，而最精采的經過，則要花較多的篇幅鋪陳，所以分配三段。請參考以下的結構圖。

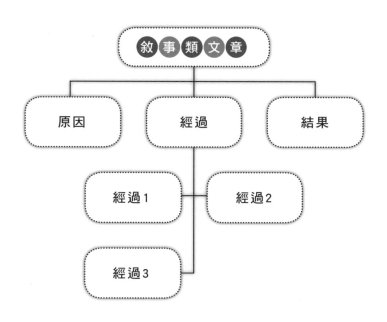

　　定洋的文章中，導致失眠的原因是「寫不出作文」，你的原因是什麼？是因為生病、畢業旅行、考試、比賽或是看了恐怖片？失眠時，你看到、聽到、感覺到什麼？接著，你做了什麼？是在床上翻來覆去、數羊還是乾脆起來做運動或讀書？最後呢？是昏昏沉沉睡著了，直到晨曦射入房內？還是一夜未眠，變成熊貓眼？哇！這樣一想，好像靈感豐富了起來，不過，為了避免東寫一點，西寫一點的跳躍與雜亂，請試著借助上面的結構圖，規畫寫作內容吧！

寫作練習

文思泉湧現風采

題目：一個失眠的夜晚

引導說明：

　　翻過來，唉！睡不著！翻過去，唉！還是睡不著！你是否有過夜深人靜時，「眾人皆睡我獨醒」的經驗？當時的你想些什麼？有何感覺？又做了什麼？後來呢？請以「一個失眠的夜晚」為題，寫一篇完整的文章。文長不限，但請勿用詩歌體，並且不能在文章中透露個人姓名及身分。

第 8 課

抒情文

借景借事更感人

—— 人面桃花相映襯

見賢思齊賞佳作

那年冬天　　◎王品柔

　　那年冬天，天氣特別的冷，風一陣一陣的向我衝來，路旁的小草被吹得東倒西歪，人行道上的落葉也四處亂飛。路上的行人，都拉起了衣領，低頭走著，只有我，抬頭挺胸的前進，與風對抗。

　　我穿著厚厚的大外套，在刺骨的寒風中，我的熱情沒有消失，即使與風對抗，我也會堅持到底，因為，我知道，只要回到了家，就有熱騰騰的湯可以溫暖我的胃。

　　那年冬天，一到晚上，我總是和媽媽躲在厚厚的棉被裡睡覺，如果有寒流來襲，我便和媽媽緊緊的靠在一起，當媽媽用她的手握住我的冰冷的雙手時，我的手暖了，身體也暖了，那種特別的溫暖，就好像在棉被裡放了一個小火爐，讓我安心的入睡。

　　那年冬天，不知為什麼，我特別容易感冒。每天早上出門前，媽媽總是千叮嚀萬交代，要我多穿件衣服，並把外套的

拉鍊拉上，如果覺得衣服不夠厚，媽媽還會在衣櫃裡翻來覆去的找衣服讓我穿上。我跳上媽媽的摩托車，即使坐在後座，我也能感受到那冰冷的寒風不斷的向我們吹來，我縮起了脖子，緊緊的靠著媽媽的背，心中想著：「媽媽在前面為我擋住寒風，她一定更冷吧！」那年冬天，躲在媽媽的摩托車後座上，我第一次感受到媽媽凍得微微顫抖的身體，更深刻的體會到媽媽不怕寒風吹拂，勇敢擋在我的前面的關愛之情。

那年冬天，雖然很冷，但是媽媽給我的溫暖及關懷足以抵擋那刺骨的寒風。

評析

他山之石識珠璣

這個題目原來是「那年○天」。題目中的○開放給學生自行決定，也就是說，學生可以從春夏秋冬四季中任選一季來寫，唯一要注意的是取材——選入文章中描寫的景物都必須配合題目的季節，絕對不能將梅雨、雷雨、豔陽、枯葉、蟬鳴、秋蟲等迥異的季節意象胡攪蠻纏的塞在

同一個季節中。

　　品柔聽到了我的提醒。在這篇〈那年冬天〉的文章中，她選取的素材，無論是紛飛的落葉、厚厚的大外套、刺骨的寒風無一不是緊扣著冬天，而更可喜的是，她還聰明的運用「映襯」的技巧，選出了抬頭挺胸、熱騰騰的湯、溫暖等對比的詞彙，這種對比的安排，能凸顯主題，使文章想要表達的情感更加濃烈。

　　唐詩中也常見這樣的對比手法。杜秋娘的〈金縷衣〉，以「金縷衣」對比「少年時」，以「花開堪折」對比「無花折枝」，而崔護的〈題都城南莊〉，也以「去年」對比「現在」，以「桃花依舊」對比「人面不知」，這種「景物依舊，人事全非」的感傷更具渲染力。

　　由此觀之，要寫好一篇文章，除了看清楚題目外，還要注意取材，不僅要找出恰當的材料，還要費心斟酌出最能凸顯主題與情感的材料。

金縷衣　　◎杜秋娘

勸君莫惜金縷衣，勸君惜取少年時。

花開堪折直須折,莫待無花空折枝。

題都城南莊 　◎崔護

去年今日此門中,人面桃花相映紅。

人面不知何處去,桃花依舊笑春風。

精益求精巧琢磨

　　不論題目是「那年春天」還是「那年冬天」,所描寫的除了季節特有的景色之外,最好還要說說「故事」,增加文章的可讀性。而這個故事最好還能連結到某種情感。

　　品柔的那年冬天看起來是夠冷的了,但是媽媽的溫暖及關懷,使她得以抵擋刺骨的寒風。因此品柔以「媽媽在被窩中用她的手握住我的冰冷的雙手」和「躲在媽媽的摩托車後座上,我第一次感受到媽媽凍得微微顫抖的身體」兩件事,來表達心中的感動。

　　再找兩段大家耳熟能詳的古典詩詞來印證一下:

　　蘇軾的〈水調歌頭〉中,不僅描寫明月,敘述把酒、起舞的文人雅事,最重要的是,以此鋪陳出結尾的「但

願人長久，千里共嬋娟。」還有，馬致遠的〈天淨沙‧秋思〉，也是藉由枯藤老樹等景物，牽引出漂泊天涯的遊子之情。

　　閱讀經典詩詞，別只是背誦或欣賞，也向這幾位了不起的文學天才學幾招吧！

水調歌頭　　◎蘇軾

明月幾時有，把酒問青天。不知天上宮闕，今夕是何年。我欲乘風歸去，又恐瓊樓玉宇，高處不勝寒。起舞弄清影，何似在人間。
轉朱閣，低綺戶，照無眠。不應有恨，何事長向別時圓。人有悲歡離合，月有陰晴圓缺，此事古難全。但願人長久，千里共嬋娟。

天淨沙‧秋思　　◎馬致遠

枯藤老樹昏鴉，小橋流水人家，古道西風瘦馬。
夕陽西下，斷腸人在天涯。

正本清源奠基石

寫抒情文，最忌濫用呼告，沒事就啊！呀！的胡亂呻吟一通。但是，問題來了，要怎樣才能寫出能感動人，引起共鳴的抒情文呢？請先看看以下的圖表：

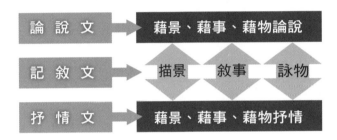

活用記敘文的寫作手法

論說文	→	藉景、藉事、藉物論說
記敘文	→	描景 敘事 詠物
抒情文	→	藉景、藉事、藉物抒情

發現了嗎？根源就在記敘文。記敘文中描景、敘事及詠物的技巧，超級好用，不論是論說文或抒情文，都可以借用它們，讓情感或論理有所依靠。我們先說說抒情文。當我們從一張畢業旅行的舊照片，想起同學的友愛之情時，便可以借舊照片這個「物」抒發想念同學之情；或者，在某個季節，重遊舊地，也可能想起童年時曾和爺爺奶奶一起出遊的往事，進而由此「景」書寫祖孫之情。因

為有了「物」或「景」的依附，和故事的鋪陳，使得看似抽象的情，變得具體可見，這就是將記敘文的寫作應用到抒情文的高明手法。

懂了這個道理之後，我們不妨小試身手，完成以下的情感聯想圖。

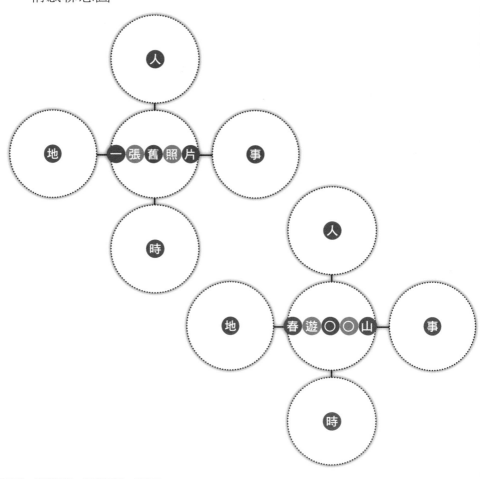

文思泉湧現風采

題目：那年○天

引導說明：

　　這是一則半開放式的題目，其中的○，請從四季中任選其一。請在文章中，描寫當時的景物及發生的故事，並抒發情感。文章中請勿出現人物的姓名，發生的地點若為學校，也不可寫出。文長不限，但文章必須首尾具足，結構完整。

第 **9** 課

抒情文

情景交融
淋漓盡致

——名家為師仿佳句

見賢思齊賞佳作

常常，我想起……　◎李定洋

　　童年時，我和哥哥在外公家長大，從外公家走幾百公尺就是海邊。那片海邊，是我和哥哥的遊樂場。一下課，我們常去海邊打水仗，玩得像個野孩子。

　　海邊不只是我的遊樂場，那片廣闊的大海，更是陪伴我成長的好朋友。有一次，我考試成績不理想，又被老師罵得狗血淋頭，心情十分低落。於是，我走到海邊，獨自坐在一塊大石頭上，看著海浪起起伏伏的拍打著岸邊。我靜靜的看著，回想不久前發生的事，看著夕陽將天空及海面染成紅紅的一片，我知道，這討厭的一天即將結束。慢慢的，那分失落感消失了，原本鬱悶的心情也開朗起來，好像什麼事都沒發生一樣，真神奇。

　　又有一次，考完了數學，可怕分數令人怵目驚心。為了訂正錯誤，我努力的計算，但是不管我算幾次，答案總是錯的。我開始急躁起來，只好再衝到海邊。聽著不停歇的海

潮聲，看著海上的雪白浪花。鹹鹹的海風吹在臉上，我對著海面大喊：「可惡的數學，我要戰勝你！」我一喊再喊，寂靜的海邊，除了海浪之外，沒有人聽到我的瘋狂喊叫。就這樣，我心中的無名火似乎被海浪澆熄了。等到心情恢復了平靜後，我回家再算數學時，所有的困難竟然都迎刃而解了，真好！

童年的海，在我高興的時候，陪我嘩啦啦的笑著；童年的海，在我失落的時候，安撫我的心。現在，雖然我已經不住在海邊了，但是每一次遇到挫折時，我就閉上眼睛，想著內心那片寧靜之海，讓海浪聲平息我對失敗的恐懼，給我振作起來的力量。常常，我想起那海，那片伴我成長的童年之海。

他山之石識珠璣

這是一題「回憶題」，也是一題「半開放」的題目。「想起」的對象，無論是人、事、時、地或物，都可以。

〈常常，我想起那座山〉是文學家張曉風女士的名作，「常常，我想起那雙手」則是基測作文的考古題。而定洋想起的是童年的海，聰明的是，定洋不是只描寫海的景色，更藉由和海的故事，抒發對海的情感。

試想，一篇只描寫海洋美景的文章，就算將清晨、黃昏、平靜、洶湧等各種美景都描寫得淋漓盡致，但是感覺上總是缺少了什麼？這缺少的，就是作者對描寫對象的情！因為，這世界上美麗的景色、物品何止萬千，但為什麼你總是想起它呢？這其中，蘊藏的情感才是更值得探究、爬梳的。

定洋除了以童年的遊樂場來形容海之外，更在第二段及第三段分別透過兩則小故事，鋪敘海能化鬱悶為開朗及澆熄無名火的神奇。因為有這兩則小故事，我們才能深深的體會到，定洋「常常想起那海」的原因。末段則以「童年的海，在我高興的時候，陪我嘩啦啦的笑著；童年的海，在我失落的時候，安撫我的心。」呼應前文，並以最後一句的「常常，我想起那海，那片伴我成長的童年之海。」強調題旨。這樣的文章，要不得高分，也難！

精益求精巧琢磨

　　許多創作者都認為，開放式的題目最難寫，因為光是思考要寫什麼，就會花掉很多時間。但是，考試或比賽的時間十分有限，所以，一旦遇到這種題目，必須「命令」自己，要在一分鐘內決定寫作的主題。如果一時緊張，沒有立刻找到鮮明的對象時，不妨先從「人、事、時、地、物」五個方向去思考。以這題「常常，我想起……」為例，如果是人，可能是你所懷念的長輩，或幫助過你的陌生人；如果是事，可能是某件影響你深遠的事件，如，畢業旅行、參加比賽；如果是時，可能是某個特定的季節或節日，如冬天、中秋節；如果是地，可能是一處讓你印象深刻的地方，如學校花圃、墾丁海邊；如果是物，可能是一份具有紀念性的禮物，如手表、音樂盒。

　　這五個方向，就如同東西南北一樣，還可以有東南、西北等座標。怎麼說呢？舉例來說，如果想起的是爺爺，可能會連帶寫到與爺爺有關的風景、物品或事情，所以這五個方向，是用來幫助你思考、找到寫作主題的，至於寫作時，不必也不需要截然畫分。比較重要的是，選定了寫

作的對象後，除了應用摹寫法，描寫人物的外型個性，物品的外觀質地，地方的景色變化之外，別忘了加上原因、經過、結果的敘事技巧，說明你常常想起此對象的原由。

請參考以下的圖示。

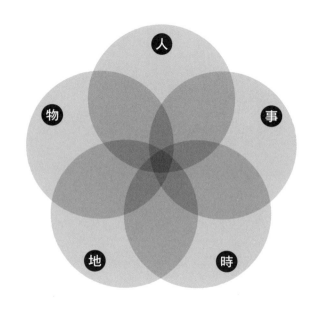

正本清源奠基石

從第一單元到現在，我們談了文章的審題、立意、取材和結構，但是還沒提到修辭。許多人從小學便累積了許

多有關修辭的學問，而在寫作文時，便應該要把懂得的修辭技巧「應用」出來。換言之，光是知道、分辨這是什麼修辭，是不夠的，還需要多閱讀、多練習，才能靈活應用這些高級的修辭技巧。

就像學書法，可以從臨摹字帖開始一樣，學修辭，也可以從仿寫出發。描寫景物時，如果我說：「可以應用譬喻、層遞、類疊等修辭啊！」這樣說，很籠統對不對，不如就直接找個佳句來仿寫。

朱自清是位了不起的文學家，他在〈瑞士〉這篇文章中，有一段很精采的描寫：「本來湖在左邊，不知怎麼一轉彎，忽然挪到右邊了。湖上固然可以看到山，山上還可看山，阿爾卑斯山有的是重巒疊嶂，怎麼看也不會窮。山上不但可以看山，還可以看谷；稀稀疏疏錯錯落落的房舍，彷彿有雞鳴犬吠的聲音⋯⋯」

沒去過瑞士沒關係，我們可以把地方改為曾經去過或看過圖片的陽明山或阿里山，試試看，將適合的詞彙填進以下的括弧中。

本來_____在左邊，不知怎麼一轉彎，忽然挪到右邊了。_____山有的是_____，怎麼看也不會窮。山上不但可以看_____，還可以看_____；_____的_____，彷彿_____……

　　琦君也是位令人崇拜的文學家，他在〈下雨天，真好〉這篇文章中說：「好像雨天總是把我帶到另一個處所，離這紛紛擾擾的世界很遠很遠。在那兒，我又可以重享歡樂的童年，會到了親人和朋友，遊遍了魂牽夢縈的好地方。」

　　寫本單元的作文題目「常常，我想起……」時，不妨參考這段描寫，應用其中的幾個好句型吧！

好像_____總是把我帶到另一個_____，離這_____很遠很遠。在那兒，我又可以……

寫作練習

文思泉湧現風采

題目：常常，我想起……

引導說明：

　　掀開記憶的音樂盒，緩緩流洩出來的樂音，似乎引領我們想起那令人壞念的人事物。在生活中，你總是想起什麼？是某位關心你照顧你的人？是一份蘊藏深厚情誼的物品？還是一件影響深遠的事情？請以「常常，我想起……」為題，寫出你的故事與情感。

第10課

抒情文

起伏有致的
心情轉折

——思想內涵更深刻

見賢思齊賞佳作

走在雨中　　◎陳亭妤

　　冷風瑟瑟，天空飄下綿綿細雨，隱隱約約的，我彷彿聽見雨滴打在樹葉上的聲響，滴——答——滴——答——。走在街道上，不見談笑的人們，偶爾幾輛車子呼嘯而過濺起水花。

　　儘管加快腳步，但雨水仍淋溼了我的頭髮，一陣寒風吹過，刺骨的冷從頸項間鑽入，讓我直打哆嗦。怎麼這短短的路程，今天走來卻有如行走在萬里長城般，永無止境。空氣中瀰漫的濃濃霧氣，使得這雨中的世界更顯朦朧。我想起了蘇軾的「莫聽穿林打葉聲，何妨吟嘯且徐行。」好吧！不如學學東坡先生吧！我放慢腳步，想像當時的蘇軾是以怎樣的心情遨遊在雨中的茫茫景色間。不知不覺的，我的口中哼起了輕快的旋律，與雨聲規律的節奏相唱和，此時此刻，只有我能聽到這首動人的樂曲。

　　細雨還是下著，寒風還是吹著，樹葉隨著風和雨不停的

擺盪，樹下的小花小草似乎也獲得了滋潤，走在雨中，我的
神色不再匆忙，我的心情不再懊惱，我不再擔心衣服溼了，
頭髮溼了，不再覺得回家的路是如此的漫長。當熟悉的房子
出現在眼前，我竟有種意猶未盡的感覺，竟然希望時間能停
留在此刻，讓這令人眷戀的雨景與雨中心情永遠停格。

「回首向來蕭瑟處，歸去，也無風雨也無晴。」經歷過
料峭寒風和淋漓雨水，我似乎能稍稍體會到走在雨中的美妙
與幸福。走在雨中，因為蘇軾的這闋〈定風坡〉，我品嘗了
前所未有的雨中滋味，雖然沒有山頭斜照的夕陽相迎，我仍
體會到雨中獨行的自在與暢快。

他山之石識珠璣

琦君說：「下雨天，真好！」不管你是否喜歡雨，拿
到這個題目，你必然知道：要寫雨囉！但是，不是只有寫
雨，還要注意題目中有個動詞「走」，而這動詞的主詞當
然就是作者——你。

亭好審題審得很精準，所以，以第一人稱的我，寫自己在雨中看到的景物、聽到的聲音，最重要的是，走在雨中所發生的事和感覺到的心情。兼具描景、敘事、抒情的手法，讓文章繽紛多彩了起來。

還不僅僅是審題精準、內容繽紛，文章中，更在雨景的襯托下，巧妙的導引出心情的轉變。先是寒風、溼髮、霧氣、哆嗦使人不禁覺得這雨中獨行「有如行走在萬里長城般，永無止境。」接著，筆鋒一轉，因為蘇軾的〈定風波〉，而興起仿效古人之心。就這樣，雨聲成了動人的節奏，細雨成了滋潤大地的甘霖，於是「我的神色不再匆忙，心情不再懊惱……不再覺得回家的路是如此的漫長。」走在雨中，可以有不同的心情，可以有迥異的寫法，而亭好這種高低起伏的安排，營造出舒緩有致的閱讀趣味，真讓人拍手叫好！

精益求精巧琢磨

無論是閱讀古文或現代作品，除了欣賞優美的詩句之外，不妨也聽聽這些作家的創作故事，體會他們的創作心

境吧！這樣的思考與體會，能提升我們的思想層次，讓寫出來的作品展現更深刻的思想內涵。

　　蘇軾的〈定風坡〉就是一闋值得我們用心體會的詞。人生不如意之事從歸途遇雨，考試失常，到親人別離等不知凡幾。不如意時，失望沮喪憂愁皆是人之常情，但是一場雨，卻讓蘇軾寫出逆境中的豁達。

> 莫聽穿林打葉聲，何妨吟嘯且徐行。
> 竹杖芒鞋輕勝馬，誰怕？一蓑煙雨任平生。
> 料峭春風吹酒醒，微冷，山頭斜照卻相迎。
> 回首向來蕭瑟處，歸去，也無風雨也無晴。

　　亭好讀了〈定風坡〉，也細細體會文學家的心情，於是，在歸途遇雨時，想起了蘇軾的故事與詞作，並因此轉變了自己的心念。這種潛移默化的影響，使她在寫作這篇〈走在雨中〉時，很自然的定下了「境由心轉」的寫作方向。

　　別光羨慕文學家的縱橫才氣，別光背誦經典的美詞佳

句，請多讀讀他們的人生故事，多體會他們的創作心情。廣泛的閱讀與深度的思考，能幫助我們在寫作時，擁有更寬廣的視角、更縝密的思緒、更有質感的內容。

正本清源奠基石

　　唐詩宋詞總有許多以景入情的作品。不論是思鄉或送別，文學家大都透過精鍊的文字，傳達想念或祝福之意。我們何其有幸，書寫白話文時，不必受限於詩詞的格律，而能擁有較為自由、寬廣的空間描述見聞、思想；我們何其有幸，可以借古人之光，以古人為師，以他們的經典詩句為本，練習擴寫。

　　擴寫不是直接將古文譯寫為白話文，而是要進入情境之中，描摹當時的畫面。這樣的擴寫，在描景時，可以應用視覺、聽覺等摹寫法；在寫人時，可以加入人物的外型、服飾、動作、話語等，以凸顯性格。以「莫聽穿林打葉聲，何妨吟嘯且徐行。」這一句為例，單純的譯寫是「何必去理會那穿林打葉的雨聲，不妨吟詩高歌，悠然地前行吧！」但是，擴寫時，則可以添枝加葉的描繪出雨打

在竹葉上的景象、發出的聲音，也可以透過其他人倉皇走避的狼狽對照蘇軾悠然放歌的曠達。現在請以此句練習擴寫吧！

擴寫練習

莫聽穿林打葉聲，何妨吟嘯且徐行。

有了宋詞，當然也不能忽略唐詩，這樣才「公平」。王維的〈山居秋暝〉描寫了秋天的景、人及詩人自己的心情，其中，「竹喧歸浣女，蓮動下漁舟」，直譯為白話文是「洗衣的婦女結伴歸來，笑聲在竹林中迴盪，漁人划舟而過，使得湖上蓮葉隨波晃動。」現在，請從竹林、湖

面、蓮花等景物及人物的外貌、服飾、動作等方面，擴寫此句。

寫作練習

文思泉湧現風采

題目：走在雨中

引導說明：

在我們的生命中，不乏走在雨中的經驗。綿綿細雨及傾盆大雨是不同的景致，給人的感受自然也就不同。走在雨中，你是獨行還是結伴？你當時是撐著傘還是淋得一身溼？當時的你，看到了怎樣的景象，聽到了怎樣的聲響，心中有了怎樣的感覺或體會。請以「走在雨中」為題，寫出你的經驗。

第11課

抒情文

彩線串珠
不分離

—— 並列結構與2W1H

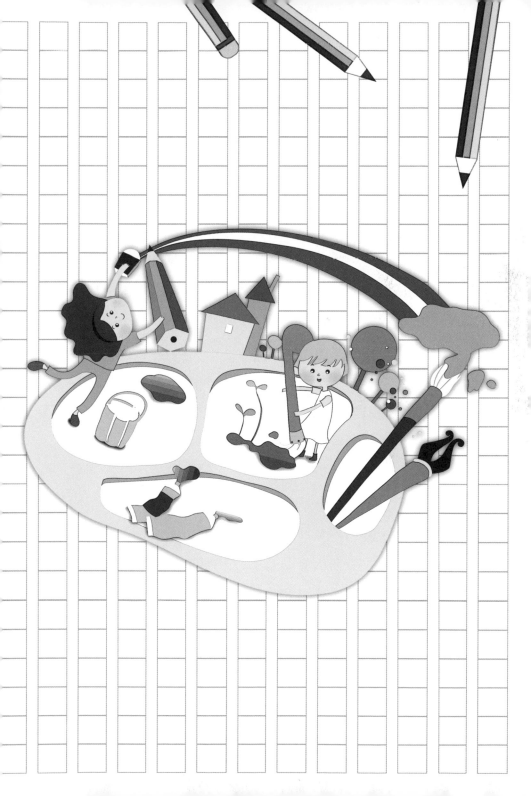

見賢思齊賞佳作

煩悶時，請……　　　◎許禎

　　煩悶時，請唱首歌。讓優美的旋律帶走你心中的憂鬱。請隨著節奏一起搖擺，跟著歌詞一起輕唱。不論是優雅的踱步、輕快的跳躍、愉悅的擺手或狂野的甩頭，都能將煩惱、悲傷、憂愁的情緒拋諸腦後。

　　煩悶時，請看本書。讓書帶領我們走進神祕、未知、冒險的世界，隨著書中的人物及情節開心大笑或感動落淚。因為聚精會神，我們忘卻煩悶，因為增廣見聞，我們感到充實，一舉兩得，何樂不為？

　　煩悶時，請眺望藍天。看湛藍的天空中，白雲朵朵，想普天之下有多少人和我們生活在同樣的一片藍天下。這世界上的人們，有的人成功，有的人失敗；有的人奮戰不懈，終能實現理想；有的人自暴自棄，一蹶不振。藍天下，我們會想起「天下無難事，只怕有心人。」的至理名言，並鼓勵自己：「加油，再試一下吧！」

　　煩悶時，請找一處安靜的地方，阻絕外界的干擾，沉澱心情，並傾聽內心深處的聲音。我們將發現，冷靜之後，更能擁有清明的思緒，更能看清楚煩悶的原因，或許，找到原因後，我們便能找到解決的辦法。

　　煩悶時，請回家吧！那是一個安全的避風港，血濃於水的親情能將我們緊緊的包覆，溫暖的話語能融化我們冰冷的心情。所以，回家吧！回到了家，就有光亮；回到了家，就有依靠。

　　煩悶時，請快快找一種能讓自己快樂的「藥方」，千萬不要久病不起，沉溺在悲傷中自暴自棄。煩悶時，請盡速治療！

他山之石識珠璣

　　駱賓王的〈在獄詠蟬〉中以「無人信高潔，誰為表予心？」說明自己無辜入獄的委屈；賀知章的〈回鄉偶書〉以「兒童相見不相識，笑問客從何處來？」抒發少小離家

老大回的感慨；岳飛的〈滿江紅〉以「怒髮衝冠，仰天長嘯」來表達未雪靖康恥的臣子之恨。委屈也好，感慨也罷，生活中總不免有煩悶、沮喪、憂愁、悲傷、憤怒……等負面情緒，遭到這些討厭的情緒惡魔纏身時，你有何解決良方？

　　許禎很厲害，一口氣臚列了六種趕走煩悶的辦法。唱歌、看書能改變心情，眺望藍天能鼓勵自己，靜心沉澱能探求解決之道，回家能找到依靠，尋找「藥方」能為自己治療。除了列出建議方案外，許禎不忘說明採用這些方案的可能過程及效用，如唱歌能讓人搖擺、跳躍，拋卻煩惱；眺望藍天會想起藍天下有多少成功或失敗之人，並以此鼓勵自己，再試一下！在我看來，這六種方法的的確確是很好的建議。

　　我特別喜歡最後一段。這一段有種「如果以上的方案都不喜歡，請自行尋找良方」的意在言外，而最後一句的「煩悶時，請盡速治療！」更營造出一種驚喜、莞爾的趣味。啊！一篇以煩悶為題的文章，竟讓許禎寫出了燦美陽光下的繁花盛景！

精益求精巧琢磨

有些題目，如果寫作素材不只一種，常用並列結構組織全文，也就是每一種素材自成一段，而為了避免因為每種素材看似獨立，而使得整篇文章「分崩離析」，便在每一段以相同的開頭或結尾貫穿。許禎的這篇文章就是採用並列結構法，並且以「煩悶時，請」作為每段開頭，將六種不同的方案，串在同一條明顯的主線上。

找到大致要寫的素材後，還可以從2W1H去延伸內容。這2W1H指的是：是什麼（WHAT）、為什麼（WHY）、如何做（HOW）。所以許禎說煩悶時可以唱歌（WHAT），因為優美的旋律能帶走你心中的憂鬱（WHY），而做法則為「優雅的踱步、輕快的跳躍、愉悅的擺手或狂野的甩頭」（HOW）。

除了「煩悶時，請……」之外，「幸福是什麼？」、「春天在哪裡？」、「如果有一天」之類的題目，都可以結合並列結構和2W1H法。

正本清源奠基石

　　每個人有自己行之有年的寫作習慣，有些人喜歡拿起筆就寫，寫到哪裡算到哪裡，卡住時，便從頭念一遍，希望透過默念，找到接續的靈感；有的人則重視按部就班，總是先在腦中或紙上列出可寫的材料，並擬訂大綱，大致就緒後，才開始動筆。為了避免於考試或比賽時，因為先後順序未安排妥當，而在考卷上塗塗改改，影響成績，建議寫作時多多練習以組織圖擬定大綱。

　　練習並列結構和2W1H法，我們先從「如果有一天」這個題目開始。如果有一天，會發生什麼事？為什麼會發生？發生後會怎樣？該怎麼辦？請你先想想。接著，還要算一算，如果目標是600字，而每段150至200字的話，那麼你大概需要3至4種素材。現在，請藉由以下的組織圖，安排「如果有一天」的寫作素材及延伸內容。

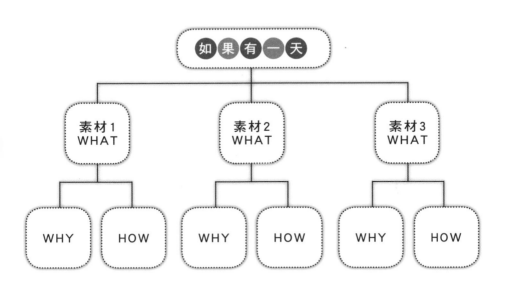

　　所謂「千里之行，始於足下」，有了寫作的素材、內容並加以組織之後，文章便有了好的開始。所以，拿到「煩悶時，請……」的題目時，你也可以應用這樣的組織圖。

文思泉湧現風采

題目：煩悶時，請⋯⋯

引導說明：

　　煩悶時，你會怎麼辦？是悶著頭睡覺，還是和朋友大吵一架？或者，你有更好的紓解良方，如看電影、爬山？請以「煩悶時，請⋯⋯」為題，將你的建議方案及原因，寫成一篇完整的文章。

第12課

議論文

請用例證說服我

——舉例說明有口訣

見賢思齊賞佳作

珍惜生命　◎張云瑄

　　許多人都說人生如戲，但是，我認為生命和戲不同，戲演完了，可以再演，而生命結束了，卻無法重來。因為生命是這麼的珍貴，所以每個人都應該珍惜生命，不僅要讓自己的人生活得更精采，更要以有限的生命，造福他人。

　　在大自然中，渺小如螞蟻、蜜蜂的小動物，也懂得珍惜生命，牠們互相合作，以團隊的力量生存在嚴苛的自然環境中，並且努力的延續生命。植物也是一樣，即使是在生長在牆縫內的小草，也盡它所能的活下去。動物和植物都如此的堅強了，那我們人類呢？

　　電視上的新聞裡常報導有人自殺或是殺人的事件。每次看到這樣的新聞，我總是想著：他們是否曾經想過，發生這樣的事情會帶給周遭的人怎樣的影響？他們的父母親會有多麼的難過？而造成他們自殺或殺人的原因，真的有嚴重到必須用結束自己或他人的生命來解決嗎？因為不懂得珍惜生命，這些

人以殘忍的方式，為自己或他人的人生畫下了悽慘的句點。

從小到大，我們讀過許多生命勇士的故事，不論是杏林子或海倫凱勒，她們都不會因為身體上的殘缺而自暴自棄，反而愈挫愈勇。她們的故事就是鼓勵我們面對困難，勇於突破的典範。

在成長的過程中，我們一定會遇到各種挫折，但是，我們一定要告訴自己，失敗了可以重來，失去了可以彌補，遇到困難時可以想辦法，心情低落時可找家人陪伴，只有生命，一旦失去了便不可能重來。人生的道路上必有岔路，只要做了對的選擇就能繼續走下去，但不懂得珍惜生命的人，卻會跳進死亡的坑洞裡，再也爬不出來。珍惜生命、愛護自己是我們一生下來就背負了的責任，我們一定要堅持下去，讓生命裡的每一分每一秒都活得有意義。

評 析

他山之石識珠璣

「人生如戲」，真的嗎？或許就真真假假的角度來

143

看，人生的確如戲，但是，云瑄認為就「無法重來」的層面而言，人生比戲珍貴許多。這一開始的破題，就透過人生與戲的比較，強而有力的寫出了自己的想法。

第二段起，云瑄開始舉例證明自己的觀點。先是螞蟻、蜜蜂、小草等動植物，然後是不珍惜生命，傷人害己的負面例子，和珍惜生命，勇於面對困難的正面例子，透過這些的例子，云瑄周延的論證了主旨，也能引發讀者對「珍惜生命」的省思。結尾時，云瑄不忘總結全文，並再次呼應主題，使文章結構完整且首尾具足。

本文的中間三段可以說是全篇最精華之處，因為寫作論說文時，這種舉例說明的論述當屬最重要的基本功，反過來說，如果少了例子的佐證，那麼即使文章中引用了許多了不起的名言佳句，也不過是華而不實的堆砌，難以展現作者的思想高度。要寫好一篇論說文，請務必記得：例子、例子、例子！

精益求精巧琢磨

「珍惜生命」這個題目在論說文中，算是比較容易掌

握的題目。因為，題目十分清楚的揭示了寫作的重點，所以寫作者，只要將珍惜生命的原因、重要性闡述明白就可以了。也因此，這類論說文的開頭，不須花稍的鋪墊太多的修辭，只要直搗黃龍說重點就可以了。

　　重要的是第二段開始的例子。這些例子從哪裡來？當然是透過平日的閱讀與思考中，累積相關的例證。但是萬一拿到題目，腦中沒有立即搜尋到可用的例子時，先別急得滿頭大汗。以下的口訣，能幫助你快速的找到方向。這口訣是：「人事物語、古今中外」。人是史懷哲、司馬遷等古今中外的名人之例；事是事例，古往今來的重要事件，或自己發生過的經驗都屬於事例；物是物例，滴水穿石、疾風勁草中的水、石、草都是大自然送給我們的物例；最後的語例就是我們常說的名言錦句。透過這八字口訣，交叉搜尋，便不難找到可用的例子。

　　下列圖例應當能幫助你更深刻的記住口訣。

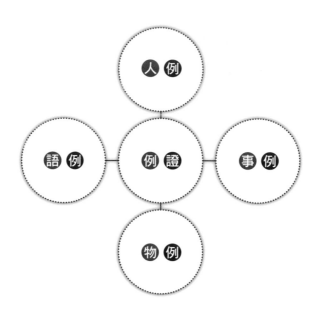

正本清源奠基石

　　從書本及報章雜誌中，我們總能讀到許多名人偉人的傳記，在這些傳記中，出現的人例、事例、語例都是寫論說文的好材料。閱讀傳記時，除了享受閱讀故事的樂趣外，不妨多想想：「這類故事，可以作為哪些題目的例證呢？」現在，請你想一想，以下的幾位名人及其故事，可以應用在哪些題目中？

司馬遷　　韓信　　愛迪生　　陳樹菊

　　接著，請以「珍惜生命」為題，應用「人事物語、古今中外」的口訣，列出足以佐證的例子。每類例子，不必太多，一至兩種即可。

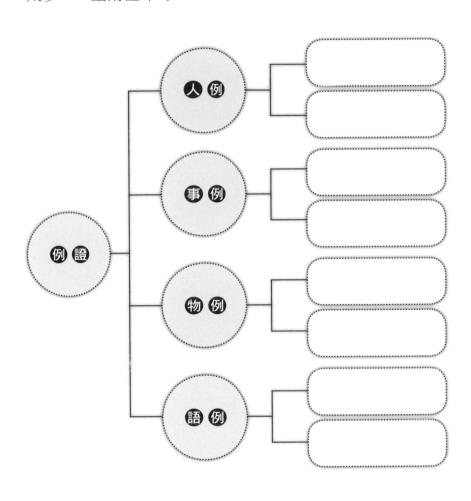

文思泉湧現風采

題目：珍惜生命

引導說明：

　　沒有人能否認生命的可貴，因為，生命一旦失去了，便無法回復。透過報章雜誌，我們可以看到許多珍惜生命或放棄生命的報導，這些報導帶給你怎樣的感觸或啟示？請以「珍惜生命」為題，闡述你的想法。文章中可說明生命的重要性，並舉實例證明。

第13課

議論文

寫人敘事
說領悟

——別犯了
　　詳略不分的毛病

見賢思齊賞佳作

生氣之後　　◎陳亭妤

　　每個人都有生氣的時候，生氣時，總令人怒髮衝冠，心情跌落谷底，覺得這世界黑暗無比，甚至做出傷害他人或無法挽回的錯事。曾經，我與媽媽大吵一架，那情景至今仍歷歷在目。

　　還記得那一晚，我剛從補習班下課，因為考試成績不理想，我有著深深的失落感，對媽媽的關心不予理會，這樣的態度令媽媽大發雷霆，而夾雜著難過與憤怒情緒的我，也像爆發的火山般，與媽媽爭得面紅耳赤，最後甚至將房門狠狠的甩上，鑽進被窩哭泣。

　　過了一陣子，我的心情漸漸平靜了。我坐在書桌前，與媽媽發生爭執的畫面也浮現腦中，霎時，愧疚感便如同氾濫的河水般，不斷的湧出。我知道，媽媽會火冒三丈的對我大吼大叫，不是因為成績，而是因為我對長輩不敬的態度，而且，若要獲得好成績，就應該更加努力用功，絕對不能將媽

媽當成出氣筒。

反省片刻後，我鼓起勇氣向媽媽道歉，沒想到，媽媽的怒氣早已消失得無影無蹤。媽媽溫柔的告訴我：「遇到考試，要更積極進取，因為，成功是留給有準備的人。」

生氣之後，我反省當時的情景，才發現，事情其實沒有那麼嚴重，真不知道當時的自己為何反應如此激烈。幸好當時的我，在「懸崖」邊緊急的煞了車，沒有做出後悔莫及的錯事，並在後來得到了媽媽的原諒。

憤怒會讓人失去理智，因此，不管多麼的氣憤，多麼的忍無可忍，都要咬著牙，冷靜以對，否則，生氣之後，如果發現自己犯下了無法挽回的遺憾，那麼，再多的道歉或悔恨都來不及了。

他山之石識珠璣

一提到生氣，我們的腦海中，總是很自然的浮現怒髮衝冠、面紅耳赤、火冒三丈等詞彙，這樣很好。拿到題目

時，可以用「隨筆快寫」的方法，將腦中閃過的靈感、詞彙等記在空白處。

不過，寫作時，除了成語之外，還有其他的寫法能讓文章更生動嗎？有的！方法很多，在這篇文章中，亭妤就運用了動作和心情，描寫了生氣當時的情景，如：「夾雜著難過與憤怒情緒的我，也像爆發的火山般……」、「甚至將房門狠狠的甩上，鑽進被窩哭泣。」

而生氣之後，亭妤以「愧疚感便如同氾濫的河水般，不斷的湧出。」媽媽溫柔的話語及自己的體會——「事情其實沒有那麼嚴重……、要咬著牙，冷靜以對」來總結全文。能夠以動作取代成語的堆砌，是此文特出的原因之一，而懂得藉由親身的經歷，寫出生氣之後的反省及體悟，審題精準且詳略安排妥當則為特出的原因之二。

精益求精巧琢磨

寫作文當然需要觀察力與想像力，而偶爾我們可以放開心情，小小的演一下戲，讓寫作文更有趣。首先，對著鏡子演演喜怒哀樂的表情，於是，你會看見，高興時上揚

的脣型或咧嘴大笑露出的牙齒、瞇成一條線的眼睛、臉頰淺淺的酒窩；生氣時瞪得大大的眼睛、緊抿的嘴巴、脹紅的臉甚至微露的青筋；煩惱或傷心時皺得快要連在一起的眉毛、在眼眶中打轉的淚水或乾脆張嘴痛哭的模樣。

　　接著，再看看自己會有哪些動作。是拍手叫好、緊握拳頭、高高跳起、跌坐地上還是踢小石頭洩憤……

　　描寫人物，不能光靠成語，透過身材、表情、服裝、動作、個性、小故事等更能讓人物栩栩如生。請參考以下的圖例。

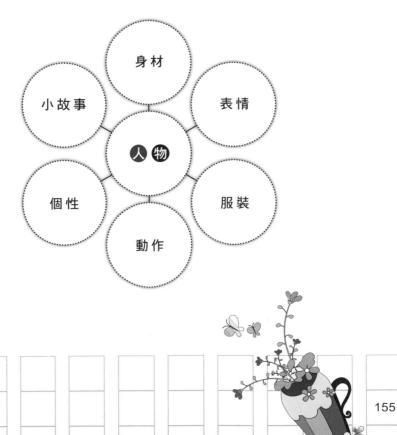

正本清源奠基石

在學習作文的過程中，「文不對題」是大忌，而在教學實務上，我們常看到，看似抓到題目了，卻因為未能妥當分配詳寫、略寫的比例，而造成內容偏離靶心的遺憾。以「生氣之後」為例，如果單純的以「原因、經過、結果」的想法，將生氣的原因、生氣時的情形及生氣之後的反省，十分平均的各安排一段，就是犯了詳略不分的毛病。因為文章的核心是生氣之後的體會，所以要以較多的篇幅闡述想法，至於原因和過程，就可參考亭好的示範，以一小段帶過即可。

我們先以「未完成的事」這個題目來做練習。以下的大綱你覺得詳略的安排是否需要修改？要怎麼改？

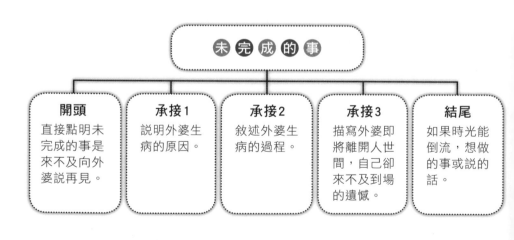

未完成的事

開頭
直接點明未完成的事是來不及向外婆說再見。

承接1
說明外婆生病的原因。

承接2
敘述外婆生病的過程。

承接3
描寫外婆即將離開人世間，自己卻來不及到場的遺憾。

結尾
如果時光能倒流，想做的事或說的話。

　　亭妤在這篇「生氣之後」中，合宜的安排了內容的詳略，並以「借事說理」的手法，闡明自己的體悟，而所借之事，正是自己的生活經驗。這種生活經驗的取材法，能讓我們在寫作論說文時，更加的得心應手。現在，請想想，你的生氣經驗，最重要的是，生氣之後，你領悟到了哪些道理？

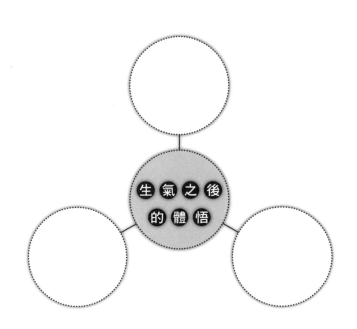

文思泉湧現風采

題目：生氣之後

引導說明：

　　人難免有生氣的時候，但是等心情平靜後，回頭看看當時的情形，心中會出現哪些想法呢？是遺憾未能在當時了解真正的情形，以致錯怪了他人？是後悔當時的衝動，說了不該說的話，做了不該做的事？或者是痛定思痛，警惕自己不可再犯同樣的錯誤？請以「生氣之後」為題，寫一篇完整的文章。

第 **14** 課

議 論 文

總分結構
前呼後應

—— 關鍵字，
　　　一定要出現！

見賢思齊賞佳作

失而復得的故事　◎李宜庭

　　曾經，以為已經失去的，現在，卻因為失去而得到另一種不同的感受。

　　蘇軾是我所崇拜的文學家，我喜歡他的作品，也從他的故事中，體會到人生的道理。蘇軾才華洋溢，卻因為太過驕傲而得罪了皇帝，被關進了不見天日的地牢裡。他每一覺醒來，總是想著：「或許今天就是我的末日吧！」但是，意外的，在被關了一百三十多天之後，他走出了牢獄，被派到偏遠的小村莊當官。我想，也許蘇軾曾經懊惱過，不甘心自己的理想無法實現，但是，蘇軾選擇改變心境，在小村莊中發揮才能，不僅將小村莊治理得很好，更創作出許多流傳千古的詩詞，成為無人不知，無人不曉的偉大文學家。對蘇軾來說，無法在皇帝身邊一展長才，是失，但因為他的轉念，終於在小村莊安身立命，這便是失而復得吧！

　　國小時，我的成績總是名列前茅，但是到了國中之後，

卻是一落千丈。尤其是數學，每次看到不及格的分數總讓我十分懊惱，明明都練習過了許多次，怎麼一拿到考卷，就是想不起來該怎麼算出正確的答案。失去分數的感覺，真不好受，也因為這種不甘心的感覺，我告訴自己要更加努力，於是上課時，我專心聽講，細心寫筆記，遇到不會的或不懂的，便請教老師或哥哥，考前，更是把所有考卷的題目重算一遍。終於，我的數學分數拉高了。當看到失而復得的分數時，我的心中有著滿滿的喜悅。

人不能拘泥於過往的美好，要懂得向前看齊。失去了，可以學習蘇軾，改變心情，享受不同的人生滋味，也可以像我一樣，改變作法，重新再試。失去了，唉聲嘆氣，自暴自棄是無濟於事的，惟有改變自己，才能擁有失而復得的喜悅。

評析

他山之石識珠璣

好文章哪裡好？「鳳頭、豬肚、豹尾」！但是要怎樣

才能擁有華麗的鳳頭、豐富的豬肚和遒勁的豹尾呢？宜庭的這篇〈失而復得的故事〉就是一個具體而微的例子。

　　文章一開始便直接切入題目，毫不拖泥帶水，不論是作者或讀者都能感到暢快自然。寫文章，要盡最大的努力，避免「一行白鷺上青天──愈飛愈遠」的致命傷，特別是在有限的時間，有限的篇幅下，用「開門見山」的開頭法，是較簡單，也較不容易離題的好方法。

　　接著，作者用兩個例子──蘇軾和自己的，說明她對「失而復得」的體會，透過過程的描述，豐富內容。最後，呼應前文，並點出蘇軾的「失而復得」是改變心情，自己的「失而復得」則是改變做法。兩個例子，同中有異，但無論如何，說的都是失而復得的故事。這種總分結構法，能使說理性的文章更顯完整而周延。

　　你一定也注意到了，我在前一段提到文章的末段要「呼應前文」，是的，除了用「開門見山」的開頭法之外，文章的結尾也一定要「呼應」。但是怎樣才能「開門見山」，怎樣才能有「呼應」？有簡單易懂的方法嗎？以下的小祕訣，你千萬要記住：「在文章的開頭和結尾，一

定要出現和題目有關的『關鍵字』。」宜庭知道這個小祕訣，所以在首段的開頭，她說：「因為失去而得到另一種不同的感受。」在結尾，更不忘強調：「惟有改變自己，才能擁有失而復得的喜悅。」這其中的失去、得到、失而復得就是題目的「關鍵字」。找到關鍵字，並記得在開頭及結尾時，寫出來，自然能使文章有開門見山和前呼後應的效果。

精益求精巧琢磨

許多人一看到說理的議論文，就已嚇得腦袋空空如也。其實，大可不必如此，只要好好的應用總分結構法，文章自然能「言之成理、言之有物」。

請先記住以下的口訣：「總分分總」。這前後兩個總，指的就是文章的開頭與結尾，開門見山的開頭和前呼後應的結尾，我剛剛已經講過了，不再贅述。那麼，兩個分是什麼？所謂「分」者，就是分述的意思，簡單的說，就是舉例說明。既然有兩個分，那就舉兩個例子，至於這兩個例子的分配，不妨就安排一個別人，一個自己。別人

的例子，你可以從古今中外的名人去想，至於自己的例子，就只有你自己知道囉！

以下的總分結構法圖表，請參考！

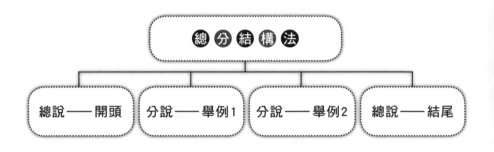

正本清源奠基石

熟習總分結構法，我們從開頭和結尾開始練習。以下是幾則以「我的快樂與悲傷」為題的開頭與結尾。

在開頭的例子中，請你想想看，這樣的開頭哪裡好，哪裡需要修改？

1 人生就像一本精采絕倫的小說，由歡喜與悲傷交織而成。我是人生這本書的主角，時而歡喜，時而悲傷。朋

友是我的快樂源頭，而不如人意的成績，則是令人傷心流淚的開端。

2 當驪歌響起，我頓時悲喜交加，喜的是經過六年的小學生涯，我終於要畢業了，悲的是要和相處六年的同學說再見，從此見面的機會渺茫。

3 快樂是一種用金錢也買不到的東西，但我們卻可以做某些事情，讓我們感受到快樂；悲傷是一種大家都不想要的感覺，但如果發生了某些事情，就會感到悲傷。

4 我的快樂和悲傷是難以分辨的，當我高興時，我就會跳起來大叫，就像是瘋了一樣。只要班上的競賽拔得頭籌，一方面是為班上高興，一方面就是期待老師所給的獎勵。我最喜歡在過年的時候回外婆家了，因為外婆都買很多的零食讓我們吃都吃不完，還有舅舅阿姨們的紅包多到使我不愁吃穿呢！

以下則是結尾的對照組，你覺得哪一種較好，為什麼？

1-1 人生中總有許多令人感到快樂或悲傷的事，快樂時不妨盡情歡笑，悲傷時應該換個角度去想，將悲傷轉為快樂，人生才會更美好。

1-2 人生中總有許多令人感到快樂或悲傷的事，當我們悲傷時，應該換個角度去想，將悲傷轉為快樂，人生才會更美好。

2-1 快樂的時候，你可以和大家分享，悲傷的時候，你不用太難過，因為換個角度想，你也可以很快樂喔！

2-2 快樂的時候，我喜歡和大家分享，悲傷的時候，我會鼓勵自己，不要沉陷在難過的情緒中，因為換個角度想，悲傷也是激勵自己更努力的原動力！

3-1 每個人一生中一定有快樂和悲傷，而我的快樂與悲傷是反映出我考完試後的心情。

3-2 每個人一生中一定有快樂和悲傷，考完試後的快樂與悲

傷讓我永難忘懷。

4-1 快樂是美麗的泉源，悲傷是一朵黑漆漆的烏雲。快樂
　　時，我會好好珍惜；悲傷時，我會勇敢面對，希望有一
　　天，我的生活中能充滿著快樂。

4-2 不管快樂或悲傷，都要勇敢面對。快樂是美麗的泉源，
　　悲傷是一朵黑漆漆的烏雲，不管是哪種心情，都要接受
　　事實，我希望可以平平安安。

5-1 當遇見了悲傷，我學會了冷靜面對，才能在下一次跳得
　　更遠，更有力，當發現了快樂，我也要好好保持這樣的
　　好心情。這就是我的快樂與悲傷。

5-2 當你遇見了悲傷，使你失敗，冷靜面對會使你下一次跳
　　得更遠，更有力，當你發現了快樂，要好好保存，更要
　　保持好心情，這就是我的快樂與悲傷。

文思泉湧現風采

題目：失而復得的故事

引導說明：

　　失去是令人傷心的。失去時，我們心情低落，並期待著能有失而復得的一天。你曾經有過這種失而復得的經驗嗎？你失去過什麼，失去時的心情如何？後來，為什麼能失而復得？因為失而復得，你體會到了什麼？請以「失而復得的故事」為題，寫出你的親身經歷。

....

....

....

....

....

....

第 15 課

議論文

借事說理雙主題

—— 要兼愛，不偏心

見賢思齊賞佳作

苦瓜與牛奶糖　　◎許禎

　　苦瓜與牛奶糖是兩種截然不同的食物。大部分的人，想到要吃苦瓜總是皺起眉頭，退避三舍；相反的，一看到牛奶糖，便自然的泛起甜甜的笑容。我認為，苦瓜的苦與澀，代表了人生必經的挫折，而牛奶糖的香甜滋味，則象徵著大家夢寐以求的安逸生活。這苦瓜與牛奶糖的苦與甜交織成五味雜陳的人生。

　　當餐桌上出現苦瓜，無論是媽媽費盡心思調味的鹹蛋苦瓜或蘸著桔子醬的涼拌苦瓜，我一律敬謝不敏，深怕那又苦又澀的味道，會害我的味蕾落入地獄，但是，一想到苦瓜具有清涼降火的功效，只好勉強自己閉上眼睛吃幾口。在我求學的過程中，每次的考試就是一關關的挑戰，成績不理想時，就好像吃了一整盤苦瓜一樣，痛苦不堪，於是我告訴自己，遇到挫折、碰見阻礙、經歷困難就是人生的苦瓜，又苦又澀的滋味固然難以吞嚥，但是如果能因此鞭策自己更加努

力，就能享受苦瓜回甘的美妙。

相較之下，香醇滑潤的牛奶糖，便是令我愛不釋手的零食了。回想童年，牛奶糖是長輩給我的獎賞。只要一拿到牛奶糖，從剝開薄薄的包裝紙開始，到濃郁的奶香和甜味，在嘴巴中融化，那種幸福的感覺真讓人一整天都有好心情。可惜的是，吃多了牛奶糖，雖能滿足口腹之欲，卻也會帶來蛀牙、肥胖的後遺症。這就好比歷史上許多的君主因為好逸惡勞，而導致國家滅亡的命運。

苦瓜與牛奶糖，一苦澀一甜美，在人生的道路上，無法只要甜美不要苦澀，因此，面對人生的苦澀要勇於吞嚥，遇到挫折要打起精神，碰見阻礙要誠實面對，經歷困難要勇敢克服，而嘗到香甜的牛奶糖，則應該好好珍惜，並提醒自己不可沉溺於眼前的安逸快樂，就像好吃的牛奶糖不能吃太多一樣。

他山之石識珠璣

說實在的，這個題目不怎麼好寫。在教學現場，寫得

好的學生也不多，許禎是少數中的少數。許禎先釐清兩個主題之間的對比關係後，接著從自己的生活經驗著手，尋找寫作的材料。再強調一次，這種從生活經驗中取材的方法，不僅容易上手，也能展現作者的真實想法，值得大家好好的學會。

很明顯的，許禎採用總分分總的結構，在開頭的總起後，分別在第二段及第三段分述苦瓜與牛奶糖。除了透過味覺的摹寫，分別描繪出苦瓜的苦與牛奶糖的甜之外，更舉自己的考試與古代君王之例相互印證，末段則以「遇到苦澀要勇於吞嚥，嘗到甜美要好好珍惜」的叮嚀總結。

在四個段落中，中間兩段無疑是最精華的部分。有「又苦又澀」、「香醇滑潤」、「濃郁的奶香和甜味，在嘴巴中融化」的味覺摹寫，有「閉上眼睛吃幾口」、「剝開薄薄的包裝紙」的動作描述，而挫折阻礙與好逸惡勞的延伸，更將文章從吃喝玩樂的淺層，一舉拉到了人生體悟的深層。

精益求精巧琢磨

在眼耳鼻舌身意等感官摹寫中，我們較常應用的是眼睛和耳朵。但是，孫子兵法說：「勿恃敵之不來，恃吾有以待之」，因為沒有人能預料，哪天會不會遇到需要摹寫嗅覺和味覺的題目，所以，我們平日就要充分練習。

除非鼻子失靈，否則我們一定會聞到某些或香或臭或腥或霉的味道。不同於蘭花的淡雅幽遠，夜來香總是飄散出濃烈的香味；剛修剪過的草皮，會有一股特別的青草味；放太久的吐司、年糕會出現霉味；下午茶時間的辦公室瀰漫著濃濃的咖啡香或茶香；走進醫院，可能因為血腥味或藥水味而皺起眉頭；到山上洗溫泉，空氣中總有股嗆鼻的硫磺味，有時，田野間的泥土一經翻動，還會混合了焦焦的土味和爛爛的腐葉味。

至於味覺，就更多樣了。檸檬、酸梅總是讓人酸得連牙齒都軟了；巧克力的甜還藏了一種濃濃的奶味；喝過苦茶的人，大概一輩子都忘不了那種苦到心裡的滋味；怕辣的人，別輕易嘗試麻辣鍋，以免火燒舌頭，自討苦吃；不知道什麼是澀味的人，不妨咬一口沒熟的香蕉。除了酸甜

苦辣澀之外，味覺通常還會和軟硬Q嗆等交互作用，形成各式各樣的味覺組合。

這些感覺其實不需要特別花時間練習，只要平日多接收來自鼻子、嘴巴、舌頭給你的訊息就可以了！

正本清源奠基石

有些論說文較單純，如珍惜生命、愛惜光陰、可貴的親情、感恩的心，遇到這類題目，只需要圍繞著一種道理或觀念加以闡述即可。但是雙主題的題目就不一樣了。因為題目中並列了兩種主題，所以論述時，就必須兼顧兩者，不可偏廢。看到雙主題的論說文時，請先找出兩個主題的關係，判斷是屬於「耕耘與收穫」的因果連結，還是像「苦瓜與牛奶糖」的對比效果。以「分享的喜悅」、「友誼的溫暖」為例，從因為分享、友誼而感到喜悅、溫暖的因果角度切入，是較為恰當的，而如果是「爭與讓」或「成功與失敗」則要從兩者的對立面，比較兩者的優劣及原因、後果。

找到雙主題的關係後，就要開始搜尋寫作的素材。借事說理是寫這類論說文的好方法，而所借之事，就是要證

明題旨。這樣的舉證,可以是歷史故事、寓言也可以是自己實際發生過的事,如果剛好想起某句名言,也可以適時的加入。

　　首先,我們以「分享的喜悅」為題練習取材。

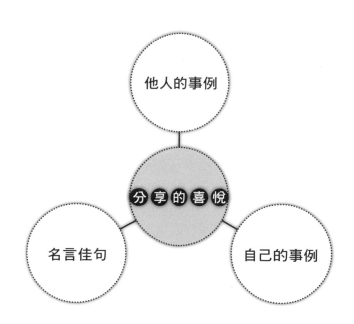

　　接著是「苦瓜與牛奶糖」。這種對比題型,可以採「分進合擊」的戰略,也就是先分別取材、分開陳述,再於首尾兩段合併說明。

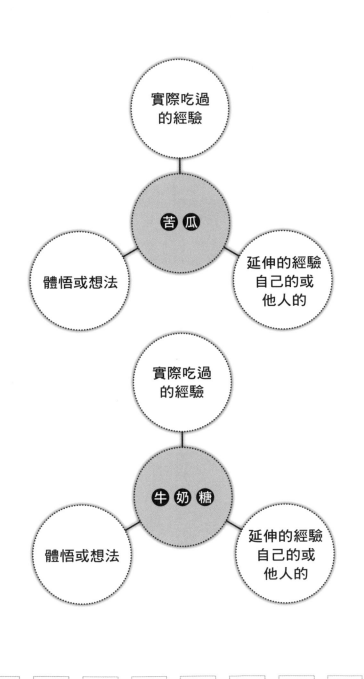

文思泉湧現風采

題目：苦瓜與牛奶糖

引導說明：

　　苦瓜的苦和牛奶糖的甜是兩種極端的味覺。除了實際的味覺體驗外，你覺得苦瓜和牛奶糖可以分別用來比喻怎樣的人生經歷？你對這些經歷的看法又是如何？請以「苦瓜與牛奶糖」為題，寫出你的想法。

第16課

議論文

正反論述評時事

——千萬別當牆頭草

見賢思齊賞佳作

廢除死刑之我見　　◎吳憶驊

　　我認為廢除死刑是不當的做法，因為殺了人，就應該償命。執行死刑才能給那些作奸犯科的人應有的懲罰，並藉此讓那些準備犯罪的人心生警惕，而能懸崖勒馬。

　　建議廢除死刑的人，總是主張殺人犯也有人權，但是，那些被害人也有人權，當他們的人權甚至生命受到傷害時，就應該透過法律替他們討回公道。此外，也有人說，應該給殺人犯一個改過向善的機會，但是我認為，如果犯的是小錯，我們當然願意給那些一時迷失方向的人，有悔改彌補的機會，但是，一旦犯下了無法原諒的滔天大罪，而被判死刑，那麼就表示所有的懊悔皆已無濟於事，為時已晚了。

　　我反對廢除死刑，因為這個社會需要公平與正義，需要考慮被害人、被害人的家屬及社會大眾的觀感，不能只想到死刑犯的感受。試想，如果廢除了死刑，將那些罪大惡極的人改判無期徒刑，我們就必須將這些殺人犯關到老死，這

段期間，國家要供他們吃、穿，生病了還要醫治他們，替他們付醫藥費，而這所有的花費都是人民辛苦工作後繳給國家的納稅錢！那些人作奸犯科，國家竟然還要耗費資源養活他們，善良的百姓還要替他們服務，這真是太沒道理了！

　　死刑雖然是件殘忍的事情，但是為了保護大多數人的安全，維持社會的穩定發展，我們不得不對那些殘忍的死刑犯，執行殘忍的死刑。執行死刑是件不得不為的事，最大的目的是希望有一天，不再有人犯下殺人罪，到那時，死刑就會自然而然的消失了。

廢除死刑之我見　　◎池依璇

　　針對最近廣受討論的死刑是否該存在或廢除一事，我的立場是：贊成廢除，因為最近引起社會震撼的事件——江國慶先生被冤枉錯殺便是由於已執行死刑，而無法彌補。

　　由於十幾年前的錯誤判決，使得一條無辜的生命從世界上消失，一個家庭也因此支離破碎。試想，如果當時我們的國家已經廢除了死刑，那麼即使當時江先生被判無期徒刑，至少現在還有還他清白，重獲自由的機會。

反對廢除死刑的人認為應該維護社會的公平正義，因為「殺人償命，天經地義」，但是我覺得，思考一個攸關人命的重大問題，應該要從多個面向去反覆推敲，例如：死刑這個問題就涉及到我們對「殺人」的看法。如果殺人是一件錯誤的行為，那麼任何人都不應該以任何名義殺人，當國家藉由死刑將「殺人」合理化之後，短期內也許會讓大多數人感到伸張正義的痛快，但是長此以往，是否也將使得社會走向以暴制暴的惡性循環？

　　如果害怕那些惡性重大的犯人假釋之後再犯，傷及無辜，那麼只要我們判以無期徒刑並特別注記不得假釋，就可以解決這個問題，而從被害人及被害人家屬的角度，儘管犯人沒有被處死，但也因為一輩子不見天日，永遠失去自由，而受到一輩子的懲罰。

　　我贊成廢除死刑不是為了幫助犯人免於一死，更不是不同情被害人，只是我相信人人都有惻隱之心，不應該有一命抵一命的殘忍心態，而是要以更有智慧的方法，讓犯罪者知道自己犯了天底下最大的錯誤。廢除死刑可以避免錯殺，可以兼顧每個人的人權，讓社會更祥和，所以我贊成

廢除死刑。

他山之石識珠璣

　　這個題目要鑑別的除了學生的寫作技巧之外，還有更重要的指標能力——思考力與論述力，而這也是全世界的教育趨勢。雖然在高中基測作文的歷史紀錄中，尚未出現這類的時事論述題型，但是在大學的學測或指考中，早已出現過這類題目了，所以請建立關心時事的習慣並培養思考辯證的能力吧！

　　對於「廢除死刑」的議題，世界上的贊成與反對者早有一番激辯，而本單元選錄的兩篇文章即為站在此議題的兩端。憶驊從公平正義、社會穩定及國家資源等角度，闡述反對廢除死刑的想法；依璇則透過錯殺、殺人的正當性及更有智慧的懲罰方式等觀點，認為應該廢除死刑。

　　兩篇文章都是採用穩健的總分結構法，先開門見山的總說自己的立場，接著一條一條的說明原因，並適時的反

駁另一派的看法，甚至提出更好的解決方案，最後的結尾，則不忘總結全文，再次強調贊成或反對的主張。就議論文的寫作而言，兩篇文章皆達到了「言之成理，言之有物、言之有序」的要求。

精益求精巧琢磨

許多學生在議論這類時事題時，常常會犯了「橋頭草，兩邊倒」的毛病，剛開始先是站在某一立場說明理由，但是，寫著寫著，又出現：「其實，另一派的想法也有可取之處……」唉呀呀！這種一下子這樣好，一下子那樣也可以的寫法，看似兩邊討好，其實是自打嘴巴，害自己落入自相矛盾的困境。

就像參加辯論賽一樣，不論你抽到的是正方或反方，一旦進到了辯論會場，站上辯論台，就必須堅守立場。把時事論述題想成辯論賽就對了！平日你儘管就不同的角度反覆辯證，在內心和自己爭論，但是，一旦拿到題目，確定主張後，就要貫徹始終，千萬不要有：「因為不知道閱卷老師的立場是什麼，所以我兩種都寫，正反通吃」的心

態。切記切記！

　由於這類題目，通常都有正反兩面，所以寫作時，要記得：「維護自己的立場要力求周延，反駁對方的看法則要步步進逼。」以此原則檢視憶驊和依璇的文章，你將理解，這兩篇文章能被選為示範佳作，絕非僥倖！

正本清源奠基石

　寫文章真的是「我手寫我口」嗎？對於那些民國初年的大文學家、思想家來說，因為平常就是出口成章、頭頭是道，所以自然適用「我手寫我口」。但是，畢竟生活在現代的我們，平日聽多了嬉笑怒罵或無厘頭的話語，如果寫作時，還一味的奉「我手寫我口」為圭臬，那麼文章就會陷入過於淺白，不夠「高級」的窘境！像本單元的兩篇示範佳作，就不會出現：「我跟你說」、「我有看過這樣的說法」等句子，相反的，文章中所用的警惕、懸崖勒馬、震撼、攸關人命、惻隱之心等都是比較高級的辭彙。

　話說回來，別以為只有我們需要費心斟酌語詞，事實上，古代的文學家，對於用字遣詞也是極其講究的，「推

敲」的故事就是很好的例子。我們不妨藉由以下的四句詩，練練對文字的敏感度。

鳥宿池邊樹，僧＿＿＿月下門。（唐／賈島）

雲破月來花＿＿＿影。（宋／張先）

春風又＿＿＿江南岸。（宋／王安石）

紅杏枝頭春意＿＿＿。（宋／宋祁）

以上的空格，應該填入那個字較為恰當呢？為什麼？你可參考以下的提示。

滿、到、綠、入、至、吹、推、濃、嬌、敲、搖、疏、弄、亂、扣、鬧

練完字的頭腦體操後，還是要回來文章的基本面——中心思想。針對「廢除死刑」這個議題，在電視及報章雜誌等媒體中早就討論得沸沸揚揚，因此只要平日多關注社會大事，對此題目就不難列出支持或反對的原因。

主張廢除死刑的原因

反對廢除死刑的原因

文思泉湧現風采

題目：廢除死刑之我見

引導說明：

　　究竟是否應該廢除死刑，是個見仁見智的議題，在報章雜誌等媒體上，也受到廣泛甚至激烈的討論。你對此議題有何看法？你是贊成還是反對？請選擇其中一種立場，闡述你贊成或反對的原因。

參考類題100

1 四季的顏色

2 拜訪春天

3 夏日蟬鳴

4 當秋天來的時候

5 冬日隨筆

6 我看見風了

7 聽聽那雨聲

8 教室裡的笑聲

9 哇！好香的味道！

10 難忘好滋味

11 晚餐時刻

12 一個忙裡偷閒的夜晚

13 ○○的夜晚

14 忙碌的一天

15 星期天，真好！

16 一堂○○課

17 忙碌的身影

18 謝謝你，陌生人

19 老師生氣了

20 一位老人的故事

21 家有寶貝

22 家有訪客

◆ N O T E ◆

◆ N O T E ◆

國家圖書館出版品預行編目資料

決勝作文16堂課／汪淑玲著. --初版 . --台北市
：幼獅，2011【民100】
面； 公分. --（多寶槅170；文藝抽屜）
ISBN 978-957-574-831-9（平裝）

1.漢語 2.作文 3.寫作法

802.7   100006169

多寶槅 · 170 · 文藝抽屜

決勝作文16堂課

作　　　者＝汪淑玲
出 版 者＝幼獅文化事業股份有限公司
發 行 人＝李鍾桂
總 經 理＝廖翰聲
總 編 輯＝劉淑華
主　　　編＝林泊瑜
執行編輯＝周雅娣
美術編輯＝張靖梅
總 公 司＝10045台北市重慶南路1段66-1號3樓
電　　　話＝(02)2311-2832
傳　　　真＝(02)2311-5368
郵政劃撥＝00033368

門市

●松江展示中心：10422台北市松江路219號
電話：(02)2502-5858轉734　傳真：(02)2503-6601
●苗栗育達店：36143苗栗縣造橋鄉談文村學府路168號（育達商業科技大學內）
電話：(037)652-191　傳真：(037)652-251

印　　　刷＝崇寶彩藝印刷股份有限公司　　　幼獅樂讀網
定　　　價＝260元　　　　　　　　　　　　http://www.youth.com.tw
港　　　幣＝87元　　　　　　　　　　　　　e-mail：customer@youth.com.tw
初　　　版＝2011.05
書　　　號＝988136

幼獅文化公司 ／讀者服務卡／

感謝您購買幼獅公司出版的好書！
為提升服務品質與出版更優質的圖書，敬請撥冗填寫後（免貼郵票）擲寄本公司，或傳真（傳真電話02-23115368），我們將參考您的意見、分享您的觀點，出版更多的好書。並不定期提供您相關書訊、活動、特惠專案等。謝謝！

基本資料

姓名：＿＿＿＿＿＿＿＿＿＿＿＿＿＿＿＿＿先生／小姐

婚姻狀況：□已婚 □未婚　職業：□學生 □公教 □上班族 □家管 □其他

出生：民國＿＿＿＿＿＿年＿＿＿＿＿＿月＿＿＿＿＿＿日

電話：（公）＿＿＿＿＿＿（宅）＿＿＿＿＿＿（手機）＿＿＿＿＿＿

e-mail：＿＿＿＿＿＿＿＿＿＿＿＿＿＿＿＿＿＿＿＿＿

聯絡地址：＿＿＿＿＿＿＿＿＿＿＿＿＿＿＿＿＿＿＿＿＿

1.您所購買的書名：**決勝作文16堂課**

2.您通常以何種方式購書?：□1.書店買書 □2.網路購書 □3.傳真訂購 □4.郵局劃撥
（可複選）□5.幼獅門市 □6.團體訂購 □7.其他

3.您是否曾買過幼獅其他出版品：□是，□1.圖書 □2.幼獅文藝 □3.幼獅少年
□否

4.您從何處得知本書訊息：□1.師長介紹 □2.朋友介紹 □3.幼獅少年雜誌
（可複選）□4.幼獅文藝雜誌 □5.報章雜誌書評介紹＿＿＿＿＿＿報
□6.DM傳單、海報 □7.書店 □8.廣播(）
□9.電子報、edm □10.其他＿＿＿＿＿＿

5.您喜歡本書的原因：□1.作者 □2.書名 □3.內容 □4.封面設計 □5.其他

6.您不喜歡本書的原因：□1.作者 □2.書名 □3.內容 □4.封面設計 □5.其他

7.您希望得知的出版訊息：□1.青少年讀物 □2.兒童讀物 □3.親子叢書
□4.教師充電系列 □5.其他

8.您覺得本書的價格：□1.偏高 □2.合理 □3.偏低

9.讀完本書後您覺得：□1.很有收穫 □2.有收穫 □3.收穫不多 □4.沒收穫

10.敬請推薦親友，共同加入我們的閱讀計畫，我們將適時寄送相關書訊，以豐富書香與心靈的空間：

(1)姓名＿＿＿＿＿＿e-mail＿＿＿＿＿＿電話＿＿＿＿＿＿
(2)姓名＿＿＿＿＿＿e-mail＿＿＿＿＿＿電話＿＿＿＿＿＿
(3)姓名＿＿＿＿＿＿e-mail＿＿＿＿＿＿電話＿＿＿＿＿＿

11.您對本書或本公司的建議：

10045　台北市重慶南路一段66-1號3樓

幼獅文化事業股份有限公司

··

請沿虛線對折寄回

客服專線：02-23112832分機208　傳真：02-23115368

e-mail：customer@youth.com.tw

幼獅樂讀網http：//www.youth.com.tw